宋詞研究

胡雲翼 編著

貴州出版集團
貴州人民出版社

圖書在版編目（CIP）數據

宋詞研究 / 胡雲翼編著 . -- 貴陽 : 貴州人民出版社 ,
2024. 9. -- ISBN 978-7-221-18605-8

Ⅰ . I207.23

中國國家版本館 CIP 數據核字第 2024HG8589 號

宋詞研究

胡雲翼　編著

出 版 人　朱文迅
責任編輯　馮應清
裝幀設計　采薇閣
責任印製　衆信科技

出版發行　貴州出版集團　貴州人民出版社
地　　址　貴陽市觀山湖區中天會展城會展東路 SOHO 辦公區 A 座
印　　刷　三河市金兆印刷裝訂有限公司
版　　次　2024 年 9 月第 1 版
印　　次　2024 年 9 月第 1 次印刷
開　　本　710 毫米 ×1000 毫米 1/16
印　　張　14
字　　數　84 千字
書　　號　ISBN 978-7-221-18605-8
定　　價　88.00 元

出版説明

《近代學術著作叢刊》選取近代學人學術著作共九十種，編例如次：

一、本叢刊遴選之近代學人均屬于晚清民國時期，卒于一九一二年以後，一九七五年之前。

二、本叢刊遴選之近代學術著作涵蓋哲學、語言文字學、文學、史學、政治學、社會學、目録學、藝術學、法學、生物學、建築學、地理學等，在相關學術領域均具有代表性，在學術研究方法上體現了新舊交融的時代特色。

三、本叢刊遴選之近代學術著作的文獻形態包括傳統古籍與現代排印本，爲避免重新排印時出錯，本叢刊據原本原貌影印出版。原書字體字號、排版格式均未作大的改變，原書之序跋、附注皆予保留。

四、本叢刊爲每種著作編排現代目録，保留原書頁碼。

五、少數學術著作原書内容有些許破損之處，编者以不改變版本内容爲前提，稍加修補，難以修復之處保留原貌。

六、原版書中個别錯訛之處，皆照原樣影印，未作修改。

由于叢刊規模較大，不足之處，懇請讀者不吝指正。

目録

下篇　宋詞人評傳

中國宋元詞曲研究上冊

宋詞研究

胡雲翼編著

（訂正三版）

少年中國學會叢書

三版題記

這眞是一個很幸也就是不幸的湊巧：剛剛五卅慘案發生的時候我這本宋詞研究的原稿已於五卅慘案的前一天脫稿了。幸的呢，是此書能够湊巧的脫稿，很迅速的出了版。要是那時不能完稿，後來我走上實際行動的裏面去，便沒有冷靜的頭腦到舊書堆裏去討生活了。也許到現在還不曾脫稿，也未可知。不幸的呢，就是此書剛剛寫成初稿，情不自禁的我也爲當時悲憤所激走上所謂『民衆運動』的路上去，暫時和研究的生活握別了。這本書付印時，我不但沒有仔細校勘一過，也不曾『走馬看花』的全閱一遍。一部分的稿件是請朋友們代爲鈔錄——其實朋友們那時也何嘗有這樣的閑心思？——一部分的還是用的原稿。結果書是出版了，錯誤也就不少。不僅引用的原作品和標點，很有些錯誤，卽我自己的文章也有好幾段句讀不可解。我想讀者總不至於以爲作者連自己的文章都斷句不通吧？

當二版還未曾印出的時候，我曾經一再通知中華書局，此書再版時須訂正。但是後來再版是出書了，仍然沒有訂正。我卽寫信到中華去問，據說是因爲有某學校訂購三百部，急於翻版，所以來不及訂正了。

我說上面的話，並非有意向讀者辨解一切疎略的罪過，我只有向一版二版的讀者道歉！

幸而這本書又有第三次『災梨禍棗』的機會，中華書局也允許我校正過重新排版。這自然使我和讀者都很高興的。我自信經過這次的校正，總不致再像以前那樣的錯誤得可笑了。不過個人年來流浪江

四

南，飄然一旅，行篋蕭條，無書可供參考。且自離開學生生活以後，爲俗事所累，更無從容研究校改之時間。若非我的朋友洛珍女士抽出她寶貴的時間替我檢閱，這樣粗枝大葉的訂正也不會有呢！

作者記於太湖之濱。（十六年十一月，二十四。）

自序

宋詞在中國文學史上，自有她的特殊地位，自有她的特殊價值。而作文學史的分工工作，對於宋詞加以有條理的研究和系統的敘述的專著，據我所知道的，現在似乎還沒有。以前雖有詞話叢話一流書籍，偶有一見之得，而零碎掇拾，雜湊無章。我著這本書的動機，就是想將宋詞成功組織化，系統化的一種著作。自然這樣一本不過十萬言的小冊子，我決計不敢希冀對於文學界有很大的貢獻。假如愛好文學的朋友們讀了我這本書，能夠由此而明瞭（一）詞的內包外延，知道（二）宋詞發展和變遷的狀態，審識（三）宋詞作家的作品及其生平；也許因此對於詞的欣賞和研究發生更大的興趣，那便是作者的一點希冀了，不算奢望吧。

記得拙著初稿將要全部草成的時候，慘怛的五卅血案發生了，當着那樣舉國悲憤呼喊運動之時，個人亦到處奔走，任務頗多。後來又受武漢學生聯合會之委託，出席上海全國學生總會，並在滬杭一帶負責宣傳。於是這本書的整理和校對的工作就完全停止了。最近同鄉左舜生先生來函囑整理付印，適在病中，由友人鏡湖、白華、振翀代為鈔錄標點，這是應該謝謝的。而承舜生先生詳詳細細為我校閱一過，尤其使我深深的心印。

中華民國十四年胡雲翼序於國立武昌大學

宋詞研究

目錄

下篇　宋詞人評傳

宋詞研究

上篇　宋詞通論

一　研究宋詞的緒論

我們為什麼研究宋詞呢？如其要解答這個疑問，我們必先問：「為什麼要研究詞？」講到詞，在我們看來，詞在中國文學的各種體裁上應該佔一個重要的位置。但是從前的文人便不很看得起詞。俞彥說：「詩詞末技也」；又說：「詞於不朽之業最為小乘」；賀裳說：「詞誠薄技」；詞品說：「塡詞於文為末」；紀昀說：「詞曲二體在文章技藝之間厥品頗卑作者弗貴」；又說：「文之體格有尊卑，律詩降於古詩，詞又降於律詩。」這種卑睨詞的論調，顯與我們的見解恰相矛盾。何以這麼相矛盾呢？這自然是古今人的文學觀念不同。古人之所以卑睨詞，也就是因為古人抱有兩個極謬誤的文學觀念：

其一，是文以載道的謬誤觀念：從前的文人，以為文學的體用以載道為極則，假如一種文學不是載道的，或者與道沒有直接或間接地發生關係的，則這種文學便失了文學的最高意義，只能算小技，只能算末流。所以古人在堅信「文以載道」的前提之下，不惜把詩三百篇裏面那些平民無所為而作的歌謠，加上一些「美君」「美后」「刺君」「刺時」的按語；不惜把楚辭裏面那些屈原自敍、自悼的作品加上一些「思君」「寓意」的名目；不惜把一切作品無論所描寫的對象是什麽，總要牽强附會到「載道」上去，以完成「文以載道」的觀念。只有詞，那是很乾脆鮮明地描寫情緒的，尤其適宜於描寫兩性間的愛情戀情，無法把牠（詞）附會到「道」上去，簡直與他們的「文以載道」完全不合，因此他們不認詞爲眞正的文學，故說「詞末技也」「作者弗貴」；又說牠是「風人之末派」「文苑之附庸」。這種種俚褻的話，無非是根據文以載道來批評的，這就完全是一種錯誤。儘管詩三百篇裏面有好多「美」，有好多「刺」的作品，那些「投我以木桃，報之以瓊瑤」「匪汝之爲美，美人之貽」和「有女懷春，吉士誘之」的詩，無論怎樣解釋，總不能不說是描寫戀愛的詩。其中鄭風、陳風、衞風，有許多戀愛詩在裏面，朱熹早已說過，可見詩三百篇已不合於文以載道了。儘管楚辭裏面有許多「思君」「憂國」之言，但屈子的憤天怨人，是無可諱言的，後人也說他不合於詩人溫柔敦厚之旨。而那些「及帝閽之未家，留有虞之二姚」的名句，簡直與「道」不發生關係；高唐賦之作，簡直與道相矛盾，可見楚辭已不合於「文以載道」了。由此看來，「文以載道」這句話，根本便不能作爲詩詞批評的準則。那末我們有什麽理由反對詞不是文學正宗呢？

其二，是文學復古的謬誤觀念。大概從前的文人，都不免抱着文學復古的觀念，他們尊重古代文學，而蔑視近代文學。故晉有陸士衡之創擬古，唐有韓愈之創爲古文，宋有尹洙、歐陽修之復古，明有前後七子之復古，清代考據學興並且篾視漢以後的一切文體。詞體更為晚出，自不為主張文學復古者所珍重而遭輕視了。然而這種重古輕今入主出奴的文學態度，究竟是不對的。王阮亭批評得好：「廢宋詞而宗唐詩，廢唐詩而宗漢魏；廢唐宋大家之文而宗秦漢；然則古今文章一畫足矣，不必三墳，九邱；至六經，三史，不幾贅疣乎？」假如我們拋棄這種主張文學復古的觀念，則詞雖「樂府之餘音」，也無法否認牠的文體之成立了；除非這種文體眞是沒有價值。而且最奇怪的，是那些文人一方面儘管鄙薄詞，但一方面自己又很做詞，塡詞，可見古人雖明裏鄙薄詞，暗中却向詞體偸降了！

詞選序說：「詞者，其緣情造端，興於微言以相感動，極命風謠里巷男女哀樂，以道幽約怨悱不能自言之情。低徊要眇，以喻其致。蓋詩之比興，變風之義，騷人之歌，則近之矣。」往下張惠言對於詞的價值更有發揮：「……惻隱盱愉，感物而發；觸類條鬯，各有所歸，非苟爲雕琢曼辭而已。」周濟描寫詞的力：「賦情獨深，逐境必寤；醞釀日久，冥發妄中；雖鋪敘平淡，摹繢淺近，而萬感橫集，五中無主。讀其篇者，臨淵窺魚，意為魴鯉；中宵驚電，罔識東西，赤子隨母笑啼，鄉人緣劇喜怒，可謂能出矣。」這便證明詞體在事實上已佔住文學的重要地位了。

現在我們的文學觀念，既然與古人迥然不同，已經拋棄了那種——文以載道和文學復古——謬誤的文學見解，那末，我們自然否認「詞是末技」這些話，並且認爲詞在中國文學史上的各種體裁裏面，應佔一個重要的位置而重視詞的研究了。現在進一步說明爲什麼研究宋詞：

四

有宋一代的文學詞爲最盛。詞話上說：「詞之系宋，猶詩之系唐，」此語誠爲不誣。而「有井水處，皆能歌柳（永）詞，」則宋詞之發達，更可推想概見。宋六十一名家詞序說：「夫詞，至宋人而詞始萌，曼衍繁昌；至宋而詞之各體始大備。其人韶令秀世，其詞復鮮豔殢人，有新脫而無因陳，有圓倩而無沾滯，有纖麗而無冗長，有峭拔而無鈎棘，一時以之賡和名家而鼓吹中原，肩摩於世云。」毛稚黃說：「宋人詞才若天縱之，詩才若天絀之。」這更說得神乎其神了。現在且將宋詞何以發達及宋詞發達之概況暫按着不談，單就「文學價值」方面來觀察宋詞，那末宋詞在文學史上有兩種特徵，值得我們的稱道。

（一）時代的文學：凡文學有外形和內質二面，內質是不隨着時代變遷的，外形就是隨時代而異，變動不居的。無論那一種文體，假如應用的時間太長久了，用也用舊了，變也變盡了，若是還儘管保留着這種文體的硬殼不變，那末總是千篇一律的文藝，決不會創造新的文藝出來。必也另闢一種新文體，讓作者自由去開發創造，才能够有新的文藝產生。所謂時代文學就是變遷的文學。只要在當代是一種新文體，由這種新文體創造出來的文學便是時代文學。反之，只死板板地去用那已經用舊變盡了的文體的文學，便不是時代文藝。詞雖然發生很早，晚唐即已發生，並且從詞的發生起，一直算到清季，清季猶有詞風，總計詞在中國歷史上已幾乎有千年的詞史。但是一千年的詞史，不都是可述的。詞的發達，極盛，變遷種種狀態，完全形成於有宋一代。宋以前只能算是詞的導引；宋以後只能算是詞的餘響。只有宋代，是詞的時代。因此，我們爲什麼說宋詞是時代的文學呢？這可以簡單回答說：詞在宋代是一種新興的文體，這種文體雖發生在宋以前，但到宋代才大發達，任宋人去活動應用，任這些詞家把詞體怎樣去開發充實，自由去找詞料，自由去描寫，——總之自由去創作詞。這種詞是富有創造性的，可以表現出一個時代的文藝特色。所以我們說宋詞是時代的文學。宋以後因詞體已經給宋人用舊了，由宋詞而變爲元曲，所以元詞明詞便不是時代的文學了。

(二)音樂的文學：中國文學的發達變遷，並不是文學自身形成一個獨立的關係，而與音樂有密接的關連。換言之，中國文學的變遷，是隨着音樂的變遷而變遷。史記：「詩三百篇孔子皆絃歌之」是三百篇皆歌辭也。樂亡而詩亦亡。漢代古詩歌謠皆被之樂府。（漢武帝創設樂府，命李延年爲協律都尉）至唐，樂府亡而歌詩乃興；（唐絕句律詩皆歌辭）晚唐又因音樂的變遷，而有長短句的歌法。至宋則倚聲製詞之風大盛了。金元以後南北曲盛行，而詞律又亡。凡此處處可以看出中國文學變遷與音樂的關係，可以看出文學在音樂裏面的活動。並且可以知道中國文學的活動，以音樂爲依歸的那種文體的活動，只能活動於所依附產生的那種音樂的時代，在那一個時代內興盛發達，達於最活動的境界。若是音樂亡了，那末隨着那種音樂而活動的文學也自然停止活動了。凡是與音樂結合關係而產生的文學，便是音樂的文學，便是有價値的文學。試看古歌謠、三百篇、漢樂府、唐近體詩……那一種好文藝不是與音樂結合關係而產生呢？歌詞之法，傳自晚唐而盛於宋。作者每自度曲，亦解其聲，製詞與樂協應。又有自度腔者，每自製新腔，並作新詞，任隨詞家的意旨驅使文學在音樂裏面活動。這種音樂文學的價値很大。只是後來歌詞之法隨有宋之亡而亡，元曲代興，此後作者塡詞，只能一步一趨模擬宋詞的格調，已失却音樂文學的意義，變成死文學了。

在上面略略提示了宋詞的兩種特色，——時代文學與音樂文學——實在宋詞的發達，作家的偉大，作者雲興，美製佳篇，琳瑯滿目，在在表現宋詞的特性。總之，我們爲研究詞，便不得不研究宋詞。

現在我們分宋詞的研究爲兩部：一部是動的研究，敍述宋詞的起源、興盛、發展、變遷、衰落、原因和結果，作爲宋詞通論；一部是靜的研究，敍述宋詞重要作家的生平傳略及其作品的介紹與批評，作宋詞人評傳。

二　詞的起源

中國從前只有詞的創作，而沒有詞的研究。間有詞話一流書籍，亦係信口雌黃，不負責任；支離破碎，毫無足取。故雖如「詞的起源」這一類的要題，也竟沒有人會給我們一個圓滿的解答。所以在此地必須重新提出討論。我們先看看從前的人對於詞的起源怎樣說法，約有四說：

（一）長短句起源說：　這一派的主張，就是以爲詞是長短句，詞的起源也起源於長短句。詞綜序說：「自有詩而長短句卽寓焉，南風之操，五子之歌，是已。周之頌三十一篇，長短句居十八；漢郊祀歌十九篇，長短句居其五。至短簫鐃歌十八篇，篇皆長短句，謂非詞之源乎？」楊用修說：「塡詞必泝六朝者，亦探河窮源之意。長短句如梁武帝江南弄，（詞略）梁僧法雲三洲歌，（略）梁臣徐勉迎客曲送客曲，（略）隋煬帝夜飲時眠曲，（略）王叡迎神歌，送神歌，（略）此六朝風華靡麗之語，後世詞家之所本也。」

（二）詩餘起源說：這一派的主張，以爲「詞者詩之餘。」沈雄柳塘詞話說：「衍詞有三，賀方回衍『秋盡江南葉未彫』，陳子高衍『李夫人病已經秋』，全用舊詩而爲添聲也。花非花張子野衍之爲御街行；水鼓子，范希文衍之爲漁家傲；此以短句而衍爲長言也。至溫飛卿詩云，『合歡桃核眞堪恨，裏許原來別有人。』山谷衍爲詞云：『似合歡桃核，眞堪人恨！心裏有兩個人。』古詩云：『夜闌更秉燭，相對如夢寐。』叔原衍爲詞云：『今宵剩把銀釭照，猶恐相逢是夢中！』以此見詞爲詩之餘也。」宋翔鳳說：「謂之詩餘者，以詞起於唐人絕句，如太白之清平調，卽以被之樂府。太白憶秦娥菩薩蠻皆詞之變格，爲小令之權輿。旗亭畫壁賭唱，皆七言絕句。後至十國時，遂競爲長短句，自一字兩字至七字，以抑揚高下其聲，而樂府之體一變，則詞實詩之餘，遂名曰詩餘。」（樂府餘論）

（三）樂府起源說：主此說者，謂詞起源於漢魏樂府。因樂府主聲，已近小詞。歌曲句有長短，聲多柔曼。徐釚詞苑叢談說：「塡詞原本樂府，菩薩蠻以前，追而溯之，梁武帝江南弄，沈約六憶詩，皆詞之祖，前人言之詳矣。」徐師曾詩體明辨謂：「詩餘者，古樂府之流別。……」徐巨源說：「樂府變爲吳趨越豔，雜以捉搦、企

喻、子夜、讀曲之屬；以下逮於詞焉。王國維說：「詩餘之興，齊梁小樂府先之」（戲曲考源）

（四）音樂起源說：　主此說者，謂詞的起源起源於音樂的變遷。俞彥說：「六朝至唐，樂府不勝詰曲，而近體出五代至宋詩又不勝方板而詩餘出。唐之詩，宋之詞，甫脫穎而傳遍歌者之口」。紀昀說「古樂府在聲不在詞，唐人不得其聲，……其時採詩入樂者僅五七言絕句，或律詩割取其四句，依聲製詞者，初體竹枝柳枝之類，猶為絕句。繼而望江南、菩薩蠻等曲作焉。至宋而傳其歌詞之法，不傳其歌詩之法」，俞彥又說：「詩亡然後詞作；非詩亡，所以歌詠詞者亡也」。

以上四種說法，究竟那一種對呢？據我看來，沒有一說完全對。詩餘之說，早有駁論。如汪森序詞綜云：「古詩之於樂府，近體之於詞，分鑣並馳，非有先後。謂詩降為詞，以詞為詩之餘，殆非通論矣」。謂詞之起源為長短句，亦不可通。詞固然是長短句，但長短句不必是詞。若必如此說，則如俞彥所云：「溯其源流，咸自鴻濛上古而來，如億兆黔首固皆神聖裔矣」，這豈不是笑話？樂府起源之說，比較可通。然有唐一代，詩歌大盛，詞則無聞，則詞起源於樂府之說，亦非通論。只有音樂起源一說，最為合理。可是古人主此說者，只有簡單置論，沒有充分的說明，未能使我們滿意。現且讓我們來試探詞的起源吧！

顧亭林有言：「三百篇之不能不降而楚辭，楚辭之不能不降而漢魏，漢魏之不得不降而六朝，六朝之不能不降而唐也，勢也。詩文之所以代變，有不得不變者，……」為什麼不得不變呢？我在前面已經說過，一種文體，經過了長期的運用，已經用舊了，變盡了，若再不改用新文體，決不能創造好文藝出來。這便是不得不變的原因。「詩至晚唐五季，」誠如陸放翁所言：「氣格卑陋，千人一律，」非變不可了。因爲詩體自四言五言以至七言，由古詩而近體，已經變盡了；自然會變到長短句的詞的路上來。——這是詞發生的理論，再來探討詞的起源的歷史的事實。可是在這裏應該首先肯定兩個前提，兩個什麼前提呢？

1. 詞的起源，完全是音樂變遷的關係。因詞以協樂爲主，有聲律然後有製詞塡詞。

2. 詞的發生，只能在有唐一代，唐以前太早，與宋詞發達無線索的聯絡；唐以後太遲，不能解釋宋詞發達的淵源。

肯定了這兩個前提，於是我們可以開始來探討了。有的人說，詞起源於李太白的菩薩蠻，憶秦娥等詞。因爲李白盛唐人，在那時有發生詞的可能；並且菩薩蠻憶秦娥恰合是有調倚聲之詞。這麼一來，大家都相信李白是詞祖，謂詞起源於李白了。詞的起源問題，便如此輕輕解決了嗎？決不。我們有許多證據使我們根本不相信菩薩蠻幾首詞，是李白的創作：

第一，李太白集裏面未載菩薩蠻等詞，此爲鐵證。按李翰林集，新唐書藝文志有著錄，全集刊行，並非佚本。唐刊本雖至今不存，而陳直齋書錄解題，晁氏讀書志並題李翰林集，是此集還流傳至宋。後蜀趙崇祚編花間集，遍錄晚唐諸家詞，而不及李白，是必李集未刊詞無疑。直至南宋黃昇編花菴詞選，始載白詞。這顯然不可靠。且黃書只求廣蒐，多有疏誤。如山花子一首，實李璟作，（南唐書載馮延己之對話可證）乃題李後主。於此更可見花菴詞選之不忠實了。

第二，李白爲盛唐詩人，文譽甚著。倘製新調，創新體詞，當時必有唱和。何以不但當時諸詩人無唱和之作，李白之後亦絕無繼響。直到晚唐塡詞始風行？中間孤絕百年，這是無法解釋的。

第三，杜陽雜編云：「大中初，女蠻國貢雙龍犀明霞錦，其國人危鬢金冠，瓔珞被體，故謂之菩薩蠻。當時倡優，遂歌菩薩蠻曲，文士亦往往效其詞。南部新書亦載此事。則太白之世，唐尚未有斯題，何得預塡其篇耶？」

第四，「……予謂太白當時直以風雅自任，卽近體盛行七言律鄙不肯爲，寧屑事此？且二詞雖工麗，而氣衰颯，於太白超然之致，不啻穹壤。藉令眞出靑蓮，必不作如是語。詳其意調，絕類溫方城輩。蓋晚唐人詞嫁名太白耳」（胡元瑞語）。

根據上面四種說法，菩薩蠻憶秦娥詞，是否眞出於太白呢？這就很有疑問了。雖然有人說此二詞意調高古，決非溫方城輩所能。但我們不必說這就是溫方城做的。大約這總是晚唐（？）五代（？）的詞人，以爲李白是大詩家，爲擡高所作詞的身價，嫁名太白。黃昇不察，編入花菴詞選，署名白作，後人遂以爲這是詞之祖。或者是黃昇想和花間爭勝，明知其僞也，故意不辨，濫取以矜蒐集之宏遠，也未可料呢！總之菩薩蠻憶秦娥諸詞，決不會是李白之作，這是可以斷言的。

據我們的見地，詞的起源的歷程，是全由音樂的變遷產生出來。先引幾段話：

(1)唐書藝文志說：「江左宋梁之間，南朝文物，號稱最盛；人謠國俗，亦世有新聲。後魏孝文宣武，用師淮漢，收其所獲南音，謂之淸商樂。隋平陳，因置淸商署，總謂之淸樂。遭梁陳亡亂，所存蓋鮮。隋室以來，日益淪缺。武太后之時，猶有六十三曲，今其辭存者（略）惟四十四曲焉。」

(2)王灼碧雞漫志：「隋氏取漢以來樂器歌章古調，倂入淸樂，餘波至李唐始絕。唐中葉雖有古樂府，而播在聲律則尠矣。」

(3)碧雞漫志：「唐時古意亦未全喪，竹枝、浪淘沙、拋毬樂、楊柳枝，乃詩中絕句，而定為歌曲。故李太白淸平調詞三章皆絕句。元白諸詩，亦知音者協律作歌。白樂天守杭，元微之贈云：『休遣玲瓏唱我詩，我詞多是別君辭。……』白樂天亦戲諸妓云：『席上爭飛使君酒，歌中多唱舍人詩。……』舊說開元中詩人王昌齡、高適、王渙之詣旗亭飲，梨園伶官亦招妓聚讌。三人私約曰：我輩擅詩名，未定甲乙，試觀諸伶謳詩分優劣。一伶唱昌齡二絕句：『寒雨連江夜入吳，……』一伶唱適絕句云：『開篋淚沾臆，……』妓唱：『黃河遠上白雲間，……』（渙之詩）……以此知李唐伶伎取當時名士詩句入歌曲，蓋常俗也。」

(4)碧雞漫志：「涼州曲，唐史及傳載稱天寶樂曲皆以邊地為名，若涼州、甘州之類，曲遍聲繁名入破。又詔道調法曲與胡部樂合作。」

(5)朱子語類論詩篇曰：「古樂府只是詩，中間却添許多泛聲，後來怕失了泛聲，逐一添個實字，遂成長短句，今曲子便是。」全唐詩附錄說：「唐人樂府原用律絕等詩雜和聲歌之。其并和聲作實字，長短其句，以就曲拍者，爲塡詞。」

從上邊那幾條例子，很可以看出詞起源的線索來。原來古樂府至唐代已亡掉乾淨，只剩下清商樂的一部分還保存着，故唐時古樂府已經失了音樂的效能。卽唐人所擬古樂府，但借題抒意所作新樂府，但爲五七言古詩；完全是文學方面的事了。這時與音樂發生關係的文學是什麼呢？那是五七言絕句。當時絕句多協樂可歌，一方面正在這時候外國樂漸漸輸入中國來了。唐時十部樂，除了一部分的清商曲係本部樂外，完全是外國樂。這種外國樂最初與中國樂結合關係時，雖還緣用絕句作爲歌辭；但却發生了絕大的困難。音樂本來以「聲」爲主，而且是最活動的，若是拿格律整齊音數一定的絕句作爲歌辭，而用音樂來配合歌辭，那在音樂方面自然極感歌辭難協的困難，而且梏桎了音樂的發展。然而又怎能儘受文學的束縛牠呢？依着音樂自身的發展，一方面爲解除歌絕句的困難，或在字中間加散聲，或在句裏面插和聲，以協樂，並且重疊絕句以叶，免除絕句字數之單調。後來卽更用曲譜作張本，散聲和聲，皆塡以字，盡變五七言，成長短句。一方面依着音樂單獨的發展，常常會產生許多新腔新調兒，倚聲以製詞，則這種歌辭自然不會是音數整齊的絕句，而是長短不定的句子。晚唐長短句歌辭盛行，這正是表明音樂發達的結果。故詞的起源，並不是那一個人憑空創造出來的，也不能說是起源於那一篇詞。詞的起源，只能這樣說：唐玄宗的時代，外國樂（胡樂）傳到中國來，與中國古代的殘樂結合，成功一種新的音樂。最初是只用音樂來配合歌辭，因爲樂辭難協，後來卽倚聲以製辭。這種歌辭是長短句的，是協樂有韻律的，——是詞的起源。

附帶我們在這種證明「詞者詩之餘」說之謬誤。大概普通反對「詩餘」之說，總是說這是不懂得文學進化的妄言。但「進化」二字，却如何能使人心服呢？除非有人拿事實來證明詞確不是詩餘。那末我們在此處來證明。俞彥說：「詩亡……非詩亡，所以歌詠詩者亡也，」這話本對。但他接着又說：「詩亡然後詞作，」否認「詞興而樂府亡」便全沒理由。大凡一種形體的喪亡，必自有其亡之之道。有外因和內因兩種：內因是自身已失却存在的價值，外因是有更適用的形體代興了。我們知道歌詞之法是代歌詩之法而興的。原來在文學裏面，絕句或者比詩自由些；若到音樂範圍裏面，則絕句詩不及詞之活動遠甚。因爲絕句是自身成立爲一種體裁，是固定的；詞則隨音樂的變化而變化，最活動，故能跟着音樂的發展而發展。絕句則仍然退到完全的文學方面去。（後來塡詞也單獨在文學方面發展了。）這不分明是歌詞打倒了歌詩嗎？不分明詞是進化的嗎？因此我們大膽地說：「詞興而歌詩亡。」

三　何謂詞？

「什麼是詞？」這個問題我們在這裏討論：

說文，「詞，意內而言外也；」段注云：「詞者文字形聲之合也；」又云：「詞者從司言，此摹繪物狀及發聲助語之文字也。」說文之所謂詞，明明是指文法上所謂詞類之詞，並不是解釋詩詞之詞。因爲詞體晚出，最初詞的解釋，只有造字本義及詞體成立，詞的意義，已經不是本義，詞的解釋，也只能從詞的作品裏去探討，不能從說文的解釋了。

詞源跋云：「詞與辭通用。」段氏說文解字注云：「辭謂篇章也。」是辭卽篇章之辭，這又不免過於籠統了。詞是文學的一體，固然是成篇章的，但成篇章的，又何只詞呢？散文小說都沒有不成篇章的，辭之一字，並不足以表現詞的特色。最好說詞是歌辭；那末歌辭是不錯的，然而歌辭兩字只能算是詞的別名，表明詞是「歌」的，並不能算詞的定義。——況且詞還不能概括歌辭，古詩、樂府、近體絕句也是歌辭呢。

從詞的作品裏觀察詞的意義，我們誠然可以明白詞是什麼了；可是却不能指出詞在文體上的特性。換句話說，詩與詞並沒有根本上的差別。王阮亭曾經告訴我們詩詞曲的分界，他說：「『無可奈何花落去，似曾相識燕歸來，』定非香奩詩；『良辰美景奈何天，賞心樂事誰家院，』定非草堂詞也。」劉公㦸云：「『夜闌更秉燭，相對如夢寐，』叔原則云：『今宵賸把銀釭照，猶恐相逢是中夢。』此詩與詞之分疆也。」這未免說得太神秘了。還有幾種說法，也都是先肯定了詩與詞的分別，再從作法上，修辭上，叶韻上，體格上，或字句上，勉强下一個區別。這都是沒意義的。老實說：無論在形式，在內容上，詩與詞都沒有明顯的劃界。先從歌詞方面說：

方在晚唐五代，詞卽歌辭。故花間尊前諸集，無詞名，凡屬歌辭，均爲選錄，並不以長短句分別。我們若以歌辭爲詩詞之分，那末花間集裏面正有許多詩體。例如楊柳枝：

「宜春苑外最長條，閑裊春風伴舞腰。正是玉人腸斷處，一渠春水赤欄橋。」

「館娃宮外鄴城西，遠映征帆近拂堤。繫得王孫歸意切，不關芳草綠萋萋。」（花間集溫助敎詞）

這是兩首七言絕句。又如紇那曲，長相思，係五言絕句。清平調，竹枝，小秦王，陽關曲，八拍蠻，浪淘沙，阿那曲，雞叫子，均七言絕句。瑞鷓鴣係七言律詩。款殘紅係五言古詩。這些歌辭俱載尊前集花間集草堂集中。如其我們承認這些是詞集，便不得不承認這些是詞。然而却是詩的體裁。我們好如何去區分詩詞呢？

或者這歷說，詩雖是歌辭，却是整齊的句子；詞是長短句的歌辭。這是詩與詞的不同。殊不知古樂府裏面也有許多長短句的歌辭，例如戰城南（漢鐃歌）

「戰城南，死郭北，野死不葬烏可食。爲我謂烏，且爲客豪，野死諒不葬，腐肉安能去子逃？水聲激激，蒲葦冥冥，梟騎戰鬭死，駑馬徘徊鳴。梁築室，何以南？何以北？禾黍不穫君何食？願爲忠臣安可得？忠子良臣，良臣誠可思，朝行出攻，暮不夜歸。」

牠如瑟調曲的東門行孤兒行之類，都是長短句的歌辭，都是樂府詩，而不是詞。

還有一說，謂詞是倚聲製辭，按譜塡詞。這種倚聲塡譜便是詞與詩的分野線，這種說法也是枉然的。我們說花間爲詞集之祖，而花間集的詞便沒有一定的調譜。同係一個調子，字句多殊，並非定體。而所謂按譜塡詞者，乃後人摹擬宋詞的體格，並不發生文學上的意義，尤不足以表明詞的特徵。

凡此處處俱無法證明詩詞之劃界。實因詩詞無區劃之可能。據我看來，詞就是詩，所謂詞者，不過表明詞在詩裏面的一個特殊色彩而已。何謂詞？答曰：

「詞就是抒情詩。」 這怎麽說呢？且分形體，內容，與音樂三方面來解釋：（一）詩的形體，大都是整齊的，也有不整齊的。三百篇的詩，漢代的古樂府，六朝的吳曲歌謠，長短句很多；詞的形體也是一樣有不整齊的長短句，有整齊的五言七言。雖然詞的長短句多些，這却更適宜於抒情詩。例如三百篇的抒情詩，六朝歌曲裏抒情詩，大概都用長短句。因爲形式太整齊便過於板滯不活動了。這種曲線式的長短句爲最適宜於抒情詩的形體。（二）從音節方面看，詞不但論平仄，並且講求五聲。詞押韻比詩更要嚴格，故詞之音樂成分只有比詩複雜；音節比詩更要響亮。音節與韻律容易在聽覺驟增抒情的力量，易於引起情緒的波動，發生聯想的感情，故音節在抒情詩裏面最關重要。而詞的音節，自然是適宜於抒情了。（三）更從內容方面看，詩可以分爲抒情詩，敍事詩，劇詩等類。詞則僅限於抒情一體。我們試將詞的作品，分析歸納一下，其描寫的對象總不外閨情，離別，傷懷，悵憶之範疇。如花間小令，務著豔語。南唐李後主，宋初柳永皆婉約爲宗。雖然蘇（軾）辛（棄疾）務爲豪放，却號稱別派，然亦未嘗非抒情也。南宋詞若絕妙好詞所選，莫非言情之作。沈伯時云：

「作詞與作詩不同，縱是用花草之類，亦須略用情意，或要入閨房之意。……如只直詠花草，而不著些豔語，又不似詞家體例。」（樂府指迷）

李東琪云：「詩莊詞媚，其體元別。」沈伯時又云：「詞過片須要自敍。」明明是詠花草，不可不入情意；明明是詠物，不可不歸自敍。總結一句，卽詞不可不是抒情的。那末抒情詞與抒情詩，有什麽區別呢？如李後主的虞美人詞：

「春花秋月何時了？往事知多少！小樓昨夜又東風，故國不堪回首月明中。 雕欄玉砌應猶在，只是朱顏改。問君能有幾多愁？恰似一江春水向東流！」

又如搗練子一首：

「深院靜，小庭空，斷續寒砧斷續風。無奈夜長人不寐，數聲和月到簾櫳！」

這與王昌齡的長信秋詞：

「金井梧桐秋葉黃，珠簾不捲夜來霜。熏籠玉枕無顏色，夜聽南宮淸漏長。」

李白的玉階怨：

「玉階生白露，夜久侵羅襪。却下水精簾，玲瓏望秋月。」

這都是抒情的詩和抒情的詞，除了字句的長短以外，那裏有劃分為兩種體裁之可能呢？王昶謂：「不知（詞）者謂詩之變，而其實詩之正也，」此言得之。

本來中國文學的分類，只是照形式分，全不顧及內容，及其他方面。故國風與離騷原均為詩，乃因篇幅之長短，別為詩賦。詩歌小變，又分為古詩，近體。五言即為五言詩，七言即為七言詩；四句為絕句，八句為律詩。這完全以形式為劃界，只要形體稍變，即別立一類的名目，並沒有根本的差異。詞之得名，也是由於詩的形式上，小有變改，遂另立詞名，以別於詩。其實詞不但是詩，與詩沒有何等的差異，而且是形式更適宜於抒情，音節更響亮，內容更係情感的。可以說是詩中之詩——抒情詩。唐詩之變，只是形成抒情詩的一種形式，宋詞之發達，不過表現抒情詩之單方面的發展而已。

可是，如其我們說詞是抒情詩，不錯，抒情詩三個字，的確是詞的最好的定義。但這又偏於內容的界說了。為普通明白詞是什麼起見，暫下一詞的定義：「倚聲塡譜的歌詞，謂之詞。」詞是歌辭，已無話說。現在於歌辭上加以「倚聲的」，則三百篇、古樂府、五七言絕句，都是以樂協辭的，不算是詞了。又有「塡譜的，」則宋以後的塡詞，也算詞了。大概這個定義，「倚聲塡譜的歌辭謂之詞，儘可以包括一般之所謂詞了。」於是

「何謂詞」的答案可由（一）詞是抒情詩，（二）倚聲塡譜之歌辭謂之詞，兩項歸納得一個結論：

「何謂詞？在形體上是音數一定的，篇幅簡短的；最長的詞如鶯啼序也不過二百四十字在音節上是『倚聲的』或是『塡譜的』；而內容的實質是『抒情的』，那便叫做詞。」

四　宋詞的先驅

研究宋詞第一步，講宋詞的先驅。

在宋以前，詞已經有了很好的成績。晚唐、五代，溫庭筠、李後主們的詞，都是很成功的作家。不過我們認爲詞的歷史的線索，是宋代爲詞的完全發達時期。宋以前只是詞的先驅時代。最古的詞總集，花間、尊前二集，卽輯錄晚唐、五代詞。花間集，據陳直齋書錄解題云，實爲後世倚聲塡詞之祖。尊前集則無著錄，傳本極少；現只就花間集來說明宋詞的先驅。

詞何以在五代興盛？這似乎是很奇怪的，陸游在跋花間集有云：「斯時天下岌岌，士大夫乃流宕如此？或者出於無聊？」殊不知在專制政治之下，國家變亂，只有平民遭其禍害；貴族階級，除了有特別的政治關係外，至少還是可以保守其生活上的享樂。生靈塗炭，在他們是不發生什麼關係的。看李後主兵臨城下，還笙歌不絕；所謂「商女不知亡國恨，隔江猶唱後庭花」者，蓋彼時之亡國，不過君主之變換，亡一姓之國，平民不與焉。並且因君主之時常更換，人民比較可得自由；因時局之變亂，人民生活加倍痛苦，反促生「人生苦短，爲歡幾何」之感，而極端去求樂。可以由歷史上來證明：周季幽厲無道，春秋紛爭，可爲禍亂之極了；而詩國風裏關於社交戀愛的抒情詩特別的多。東晉末年，五胡亂華，六朝爭統，也可謂極其禍亂了；而吳曲楚聲，盛言兒女艷情。這由表面上看來，彷彿文學與時代環境相背馳；實在不然，時局變亂，反正是人民自由享樂的時候，正生活要求慾極强激起藝術衝動的時候。五季紛擾，正抒情詞興起的根原呢！

詞何以在五代成功了呢？陸游在花間集第二跋上說：「唐季五代，詩愈卑而倚聲者輒簡古可愛，能此不能彼，未易以理推也。」實際上也儘有理可推。唐季五代的詩卑詞勝，並不是作者「能此不能彼」的問題，這是文體的進化。詩體已舊，自然成爲卑陋了。詞體新出，宜於創造；自然會簡古可愛。詞的簡古可愛，正是詞體試驗成功，打倒詩體而興的原因。

更談到作品方面：唐末五代，詞人已多，花間著錄共十八人。李璟、李煜、馮延巳等刋有專集者，尙不在內。現只舉幾個詞人的詞作爲代表：

溫庭筠、晚唐人，本名岐，字飛卿，太原籍，與李義山齊名，號稱溫李。但溫詩還不及李詩，而以詞著稱。花庵詞選謂：「飛卿詞極流麗，宜爲花間集之冠」。其實溫詞還不能達到詞的十分成功，例如他的詞：

「小山重疊金明滅，鬢雲欲度香顋雪。懶起畫蛾眉，弄妝梳洗遲。照花前後鏡，花面交相映。新帖繡羅襦，雙雙金鷓鴣」。（菩薩蠻）

「玉樓明月長相憶，柳絲裊娜春無力，門外草萋萋，送君聞馬嘶。畫羅金翡翠，香燭銷成淚，花落子規啼，綠窗殘夢迷。」（菩薩蠻）

這種詞雖不能說是怎樣淺，而只是用事鋪排而成，沒有表現濃摯的情感，畢竟不能說是有實質的作品。再舉他的兩首詞作例：

「竹風輕動庭除冷，珠簾月上玲瓏影。山枕隱穠妝，綠檀金鳳凰。兩蛾愁黛淺，故國吳宮遠。春恨正關情，畫樓殘點聲。」（菩薩蠻）

「洛陽愁葉，楊柳花飄雪。終日行人恣攀折。橋下水流嗚咽。上馬爭勸離觴，南浦鶯聲斷腸。愁殺平原年少，回首揮淚千行。」（清平樂）

這是描寫相思和送別的兩首詞，「山枕隱穠妝，綠檀金鳳凰」已經笨極了。後面也不能把思憶之情，深刻地表現出來。寫別愁也只隱隱約約用了幾個事。人謂：「庭筠工於造語，極為奇麗。」我說正惟造語奇麗，庭筠的詞便不可讀了。庭筠雖不擅長於詩，而為西崑健將。他的詞受詩的影響不小，這是溫詞的大毛病。然而就詞論詞，庭筠總不失為一個詞家。劉融齋說：「飛卿詞精艷逼人」，這實在是一個很好的批評。

此外有兩首詞，一首菩薩蠻，一首憶秦娥，有人說是溫庭筠做的；有的說溫庭筠做不來。我們不必管作者是誰，卻是兩首好詞：

「平林漠漠煙如織，寒山一帶傷心碧。暝色入高樓，有人樓上愁。　玉階空佇立，宿鳥歸飛急。何處是歸程？長亭更短亭。」（菩薩蠻閨情）

「簫聲咽，秦娥夢斷秦樓月，秦樓月，年年柳色，灞陵傷別。　樂游原上淸秋節，咸陽古道音塵絕，音塵絕，西風殘照，漢家陵闕。」（憶秦娥秋思）

其餘晚唐短短的小詞也儘有些好的。如張志和的漁歌子：「西塞山前白鷺飛，桃花流水鱖魚肥。青箬笠，綠簑衣，斜風細雨不須歸。」如段成式的閑中好：「閑中好，塵務不縈心。坐對當窗木，看移三面陰。」呂喦的梧桐影：「落日斜，秋風冷。今夜故人來不來？敎人立盡梧桐影！」

這是晚唐的詞。到了五代，詞越發開展起來了。

馮延巳、字正中，新安人，事南唐爲左僕射。陽春錄便是他的詞的創作集。他與南唐中主曾有一段「吹皺一池春水，干卿底事」的有趣故事。他的詞也是屬艷科，却很描寫細膩婉約，讀來令人起一種極溫柔的感覺。看吧：

「誰道閑情拋棄久，每到春來，惆悵還依舊。日日花前常病酒，不辭鏡裏朱顏瘦。　河畔青蕪堤上柳，爲問新愁，何事年年有？獨立小橋風滿袖，平林新月人歸後。」（蝶戀花）

「小堂深靜無人到，滿院春風。惆悵牆東，一樹櫻桃帶雨紅。　愁心似醉兼如病，欲語還慵，日暮疎鐘，雙

燕歸來畫閣中」（羅敷艷歌）

「玉鈎鸞柱調鸚鵡，宛轉留春語。雲屏冷落畫堂空，薄晚春寒，無奈落花風。搴簾燕子低飛去，拂鏡塵鸞舞。不知今夜月眉灣，誰佩同心雙結倚闌干？」（虞美人）

「春日宴，綠酒一杯歌一遍，再拜陳三願，一願郎君千歲，二願妾身長健，三願如同梁上燕，歲歲長相見！」（長命女）

陳世修說：「馮公樂府，思深詞麗，韻逸調新。」人間詞話說：「馮正中雖不失五代風格，而堂廡特大，開有宋一代風氣。」從這兩個批評裏面可以知道馮延己的詞的意義與價值。

略後於馮延己的詞人有韋莊。莊字端己，杜陵人，爲蜀王建掌書記，有浣花集。詞世人號稱溫韋，其實溫詞遠不如韋詞：

「人人盡說江南好，遊人只合江南老。春水碧於天，畫船聽雨眠。罏邊人似月，皓腕凝霜雪。未老莫還鄉，還鄉須斷腸！」（菩薩蠻）

「記得那年花下，深夜，初識謝娘時：水堂西面畫簾垂，携手暗相期。惆悵曉鶯殘月，相別；從此隔音塵。如今俱是異鄉人，相見更無因！」（荷葉杯）

「春日遊，杏花吹滿頭，陌上誰家年少足風流，妾擬將身嫁與，一生休；縱被無情棄，不能羞。」（思帝鄉）

三四

周保緒說：「端己詞清艷絕倫，『初日芙蓉春月柳』使人想見風度。」

由馮延己韋莊到李後主（煜）五代的詞便已登峯造極了。人間詞話謂：「詞至李後主而眼界始大，感慨遂深，遂變伶工之詞而為士大夫之詞。」李後主不但要算五代第一大詞家，在中國文學史上也要算最偉大的作家。後世每以南唐二主並稱，中主也有很好的詞：

「菡萏香消翠葉殘，西風愁起綠波間。還與韶光共顦悴，不堪看！細雨夢回雞塞遠，小樓吹徹玉笙寒。多少淚珠何限恨，倚闌干。」（山花子）

說到後主，後主誠然是亡國之君，為後人所唾罵。然而我們應該知道後主並不是一個政治家，他只是一個有天才的文人，幸而生於帝王家，世襲了一個帝位；不幸而做個亂世偏安的皇帝，給人家把國滅掉了。這雖說是後主的罪過，但如其丟開政治關係不談，只從文學上着想，則像後主那樣敵兵已臨城下，還是笙歌不絕，眞是痴得可笑。而對於他亡國後的痛苦，又堪為悲憫了。

後主的詞，顯然可分為兩時期：在他沒有亡國以前的作品，與亡國以後的作品，完全不同。大概沒有亡國以前的作品，只是些「爛嚼紅茸，笑向檀郎唾」的豔詞，沒有什麼可述。而亡國以後的詞，便哀痛傷感之極，令人不忍卒讀了。試讀以下的詞：

「無言獨上西樓，月如鈎。寂寞梧桐深院，鎖清秋。剪不斷，理還亂；是離愁，別是一般滋味在心頭！」（相

見歡）

「林花謝了春紅，太匆匆，無奈朝來風雨晚來風！胭脂淚，相留醉；幾時重。自是人生長恨水長東！」（相見歡）

「人生愁恨何能免？消魂獨我情何限！故國夢重歸，覺來雙淚垂！高樓誰與上？長記秋晴望。往事已成空，還如一夢中。」（子夜）

「別來春半，觸目愁腸斷。砌下落梅如雪亂，拂了一身還滿。雁來音信無憑，路遙歸夢難成。離恨恰如春草，更行更遠還生。」（清平樂）

「簾外雨潺潺，春意闌珊。羅衾不暖五更寒。夢裏不知身是客，一晌貪歡。獨自暮憑欄，無限江山。別時容易見時難！流水落花春去也，天上人間？？」（浪淘沙）

「櫻桃落盡春歸去，蝶翻輕粉雙飛。子規啼月小樓西。玉鉤羅幕，惆悵暮煙垂。別巷寂寥人散後，望殘煙草低迷。爐香閑裊鳳凰兒；空持羅帶，回首恨依依！」（臨江仙）

最是後面二首淒涼怨慕到了萬分！「夢裏不知身是客，一晌貪歡；」「空持羅帶，回首恨依依，」是一絲絲的淚痕織在紙墨裏面。正是「尼采謂『一切文學予愛以血書者』，後主之詞眞所謂以血書者也……」（人間詞話）後主歸國有詞云：「三十年前家國，數千里地山河。鳳闕龍樓連霄漢，玉樹瓊枝作煙蘿，幾曾識干戈？一旦歸為臣妾，沈腰潘鬢銷磨。最是倉皇辭廟日，教坊猶唱別離歌，揮淚對宮娥！」這是何等的癡呀！所謂「亡國之音哀以思」非耶？

對於溫韋馮延巳與李後主諸人的詞後人有很好的比較的評論。周介存說：「王嬙西施，天下之美婦人也，嚴妝佳，淡妝亦佳，麤服亂頭，不掩國色。飛卿嚴妝也，端己淡妝也，後主則麤服亂頭矣。」人間詞話說：「『畫屏金鷓鴣』，飛卿語也，其詞品似之；『絃上黃鶯語』，端己語也，其詞品亦似之；正中詞品若於其詞句中求之，則『和淚試嚴妝』，殆近之歟？」又言「溫飛卿之詞，句秀也；韋端己之詞，骨秀也；李遠光之詞，神秀也。」

與後主一個時代的還有許多很好的詞，如顧夐（仕蜀為大尉）的訴衷情：「永夜拋人何處去？絕來音。香閣掩，眉斂，月將沈。爭忍不相尋？怨孤衾。換我心，為你心，始知相憶深。」鹿虔扆的臨江仙：「金鎖重門荒苑靜，綺窗愁對秋空。翠華一去寂無蹤；玉樓歌吹，聲斷已隨風。煙月不知人事改，夜闌還照深宮。藕花相向野塘中，暗傷亡國，清露泣香紅。」歐陽炯（事後蜀為中書舍人）的南鄉子：「畫舸停橈，槿花籬外竹橫橋。水上遊人沙上女，迴顧：笑指芭蕉林裏住。」毛熙震（蜀人，官秘書監。）的河滿子：「寂寞芳菲暗度，歲華如箭堪驚。緬想舊歡多少事，轉添春思難平。曲檻垂絲金柳，小窗絃斷銀箏。深院空聞燕語，滿園閒落花輕。一片相思休不得，忍教長日愁生。誰見夕陽孤夢，覺來無限傷情！」李珣（梓州人，蜀秀才，有瓊瑤集。）的南鄉子：「乘綵舫，過蓮塘，棹歌驚起睡鴛鴦。帶香遊女偎人笑，爭窈窕，競折團荷遮晚照。」又「攜籠去，採菱歸，碧波風起雨霏霏。趁岸小船齊棹急，羅衣濕，出向桄榔樹下立。」又「登畫舸，泛清波，采蓮時唱采蓮歌，欄棹聲齊羅袖斂，池光颭，驚起沙鷗八九點。」孫光憲（字孟文，陵州人。先事荊南，後又事宋，有荊台筆傭橘齋蓑湖諸集。）的浣溪紗：「蓼岸風多橘柚香，江邊一望楚天長，片帆煙際閃孤光。目送征鴻飛杳杳，思隨流水去茫茫；蘭紅波碧憶瀟湘。」張泌（字子澄，江南人，仕南唐為內史舍人）的江城子：「浣花溪上見卿卿，臉波秋水明，黛眉輕，綠雲高綰，金簇小蜻蜓。好是問他來得麼？和笑道：莫多情！」

這些都是很好的小詞。五代的詞，雖屬於詞的先驅時代，卻不能否認這是成功的作品。這時代的詞，其特色有兩點可述：

在文學方面：照理論說，先驅時代的文學，應該是極幼稚的，不能有很成功的作品。然而不然。我國歷史上的文學，往往最好的作品，已在一種文學體裁最初發生時產生了。如三百篇為四言之祖，三百篇不是最好的四言詩嗎？古詩十九首為五言之祖，古詩十九首不是最好的五言詩嗎？詞之發展，先有小令；我們敢說五代的小詞，是已經成功了的，這自然是因為五代是詞的先驅。在這個先驅時候，作詞只有自行創造，無可模仿，故容易成功。

在音樂方面：花間非詞集，乃以歌辭為編輯中心。故所收作品，無論律詩絕句或詞，只要是歌辭，即行蒐入。所輯既係歌辭，故以歌為主。同是一調名，因時地之變，可有數調譜；同是一個調譜，因歌法歌時之出入，詞調譜的歌辭亦有差異。在花間集裏面最明顯的，如楊柳枝之各調，不但有絕句詩，長短句亦有差異，譜子最無一定。這是表明當時的詞，係純粹的每首的歌辭。調譜既無定軌，詞也全隨音樂之變而變。此是五代詞在音樂方面的特色。宋詞便有一定的調譜，「塡詞」亦多，音樂的關係便消滅了。

總結一句：由不齊整的調譜，無定律的歌辭，進而爲調譜有定律的整齊的製詞及塡詞；由簡短的小詞的創作，進而爲長調長詞的繁衍。——宋詞之發達，在五代已經爲之先驅了。

五 宋詞發達的因緣

詞發達到宋代，已經發達到最高點了。作者方面上自帝王名相，下至販夫走卒，都會作詞。詞人不知有多少，作品方面名篇佳製，更是數也數不清了。在宋詞概觀和宋詞人評傳裏面，便可明白宋詞發展的概況。現在我們在此地要問到根本上的原因，宋詞何以發達到這步田地呢？宋詞既不是天上掉下來的，也不是地下掘出來的，自必有他發展的因果律在。那末對於這個問題，我們可以簡單分六項置答：

(一)詩體之蔽　詩至晚唐五代，氣格卑汚，千人一律；這是唐詩末流之蔽，已經不成其爲詩了。所以詞體代興起來。陳臥子云：「宋人不知詩而强作詩，故終宋之世無詩。然有歡愉愁苦之致，動於中而不能抑者，類發於詩餘，故所造獨工。」這是什麽緣故呢？難道眞是「宋之詩才，若天絀之；宋之詞才，若天縱之」嗎？不然。人間詞話於此有很透闢的發揮：「蓋文體通行既久，染指遂多，自成習套，豪傑之士，亦難於其中自出新意；故遁而作他體，以自解脫。一切文體，所以始盛終衰者，皆由於此」。宋詩之衰也以此，宋詞之盛也以此。

（二）五代詞的成功：　前面引陸放翁言「晚唐五代詩愈卑而倚聲輒簡古可愛」這是五代詞的成功，已經駕詩體而上之了。如花間集裏面便包涵十幾個成功的作家。浣花集，陽春錄，南唐二主詞，更是文學史上不朽的創作集。這麼一來，已經有了五代詞的成功，作爲先驅；宋詞於是承其餘緒蓬勃發展起來。這種發展，是必然的：第一，詞體既是已經被試驗成功的新文體，這種新文體自然應該有長期的時間，讓作者利用這種新文體儘量去創造。第二，五代的詞雖已達於成功但只限於小詞方面局面窄狹，無論內包外延方面，都不會完備。發揚而光大之正有待於宋人。

（三）君主之提倡：　在專制時代的文化的趨向，君主的意旨，是如何强而有力！簡直可以說，一種文風的向化，君主可以任意指定之。宋詞之發達，到這般田地，得君主們的幫助也不少。我說這個話，一定有人要奇怪了：宋仁宗不是留意儒雅，嚴斥浮華的聖主嗎？他屢黜柳永，便是爲的塡詞，至少可以說宋仁宗不會提倡詞。這樣說法，眞是誤會仁宗了。仁宗不但不反對詞，並且很欣賞詞。就拿晏氏父子來說吧：晏殊會作詞，而仁宗朝，官至樞密史，不見黜於仁宗。晏叔原且以鷓鴣天「碧藕花開水殿涼」詞，爲仁宗所激賞。其他歐蘇諸人，都是仁宗時代的詞人，都得重任。這雖不是仁宗提倡詞的證明，却也不是反對詞的了。到了徽宗，他自己既會作詞，又倡立大晟樂府，命詞人按月進詞。南渡以後的君主，高宗便又是極力提倡詞的一個。他自己也會作詞。「上有好者，下必有甚焉」宋詞怎麽不發達呢？

(四)音樂關係：　音樂是發生詞的淵源，也就是發達詞的媒介。原詞爲歌辭，多可歌。故當代詞人的詞，每新聲一出，便傳播於秦樓楚館了。本來單獨的文學效力在社會裏面遠不及音樂的效能來得大。因爲有音樂的關係，因此宋詞也跟着音樂而得着較大的普遍性。譬如「有井水處，皆歌柳詞，」若不是可歌，那能這麽普遍呢？因爲在音樂方面需要歌辭很多，要許多人供給歌辭；而那些歌妓舞女則每以得名人學士的贈詞爲誇耀。這些文人，也樂得替她們做詞，以博得青樓一粲。又如姜白石輩，他們每自度腔，自度曲。姜詩云，「自喜新詞韻最嬌，小紅低唱我吹簫。歌罷已過松林路，回首煙波十里橋。」這些名士文人們，自己既懂得音律，娶幾個歌妓爲妾，做做歌辭，給他們唱唱，這是很有趣的。音樂與詞既結合成這樣密接關係，宋詞自然跟音樂的發達而發達了。

(五)時代背境：　文學決不會憑空產生的，一種文學的產生，必有牠的時代背境；一種文學的發達，也必有牠的時代背境。這是文學史家所告訴我們的話。我們看宋朝的時代背境，是不是適宜於詞的發達呢？自然是適宜的。「仁宗朝，中原息兵，汴京繁庶，歌台舞席，競賭新聲。」既是國家平靖，人民自競趨於享樂，詞爲艷料，故遭時尚。吳曾的話，已經告訴我們北宋詞發達的原因了。北宋末年，外侮日亟，但臣民迷於繁華之夢，沈湎已深，一時醒不過來。所以金兵節節南侵了，徽宗皇帝還在深宮裏「清歌妙舞，從頭按，等芳時開宴。」

記去年對着東風曾許不負鶯花願」一人民也是一樣地昏迷不醒。到了南宋，經過了國破家亡，才有那些英雄志士，創爲英雄氣魄的詞，抒寫偉大的襟懷，描寫壯美的情緒，把詞爲艷科的觀念一手打破。但到了南宋偏安已定，漸漸又恢復了北宋的酣眠狀態。國力既微，人心已死，金元天天要南侵，既無力抵抗，又不自努力，只好苟延殘喘，多活一天，便算一天；得快活時且儘量快活一番。由這種畸形的時代心理作背境，艷詞作品之多而靡，比北宋還要活動。卽如講衞道法，以古道自命的朱熹，他作詩如道德論，作詞也寫艷情；則艷詞之盛，可以相見了。這是要求享樂的頹廢的時代背境，造成的艷詞發達。

上面略略敍述了幾條宋詞發達的原因，自是很簡略的。本來一種文體的原因和結果，是最複雜的，不是簡單幾條可以解釋明白的。並且文體的發生和發達，有的經過有意識的提倡，有的也是無意的發展；有的是有原因可以指明，有的是無法解釋的。況且離掉宋代很遠的我們，更感覺歷史材料作證明的缺乏。要想完全發掘宋詞的何以發達，作系統的解釋，眞是滿身困難。這篇短文，自然不是滿意的，但也許能夠得着一個粗枝大葉的觀念吧。

六　宋詞概觀（上）

敍述宋詞，可以用「貴族的」「平民的」；或是「白話的」「古典的」幾種分類敍述的方法。但是這種分類敍述，也是很困難的。要在宋詞裏面分出平民文學來，說那是眞正的平民文學，與貴族文學對峙，已經不可能；再分什麼白話與古典，則辛稼軒的詞，完全是白話嗎？周清眞的詞，完全係古典文藝嗎？蘇東坡李易安的詞是純白話呢？純古典呢？我想誰也不能下一個十分肯定的斷語來。若認眞分派來敍述，不但不免於武斷，而且把宋詞割裂成幾片段了。我們現在照着時代的自然敍述，分宋詞爲南北宋二期，作一個概括的鳥瞰。同時也顧到「貴族的」「平民的」「白話的」「古典的」各種派別上的敍述。

對於宋詞作概括的評論，古人有數說：

(1)尤侗云：「唐詩有初盛中晚，宋詞亦有之。唐之詩由六朝樂府而變，宋之詞由五代長短句而變。約而次之：小山、安陸，其詞之初乎？淮海、清眞，其詞之盛乎？石帚、夢窗，似得其中；碧山、玉田，風斯晚矣。唐詩以李杜爲宗，而宋詞蘇、陸、辛、劉，有太白之風；秦、黃、周、柳，得少陵之體。此又畫疆而理，聯騎而馳者也」(詞苑叢談序)

(2)詞繹云：「詞亦有初盛中晚，不以代也。牛嶠、和凝、張泌、歐陽炯、韓偓、鹿虔扆輩，不離唐絕句，如唐之初，不脫隋調也；然皆小令耳。至宋則極盛，周、張、康、柳，蔚然大家。至姜白石、史邦卿則如唐之中，而明初比唐晚。……」

(3)俞仲茅云：「唐詩三變愈下，宋詞殊不然。歐、蘇、秦、黃，足以當高、岑、王、李。南渡以後，矯矯陡健，即不得稱中宋晚宋也。……」(爰園詞話)

這種以宋詞附會唐詩的論調，實在很勉强，我們只覺得南宋詞有南宋詞的意義，北宋詞有北宋詞的價值。從區分方面講，北宋詞固與南宋詞很有顯著的差分；而就同點說，則北宋詞與南宋詞實有聯絡的線索，共同的色彩，不可强分。所以我們論北宋詞，只就北宋詞而論北宋詞。後人對於北宋詞的批評，有的稱許淸眞詞；有的激賞樂章詞；（柳永作）有的推崇蘇詞的排宕，有的又說蘇詞非詞家本色。我們決不能在那些古批評者的評論裏面得一個概括的觀念；除了幾種相互矛盾的褒貶以外，更如女詞人李淸照，對於北宋這些大詞家更有嚴刻的批評：

「始有柳屯田永者，變舊聲作新聲，出樂章集，大得聲稱於世。雖協音律，而詞語塵下。又有張子野、宋子京兄弟、沈唐、元絳、晁次膺輩出，雖時時有妙語，而破碎何足名家？至晏元獻、歐陽永叔、蘇子瞻，學際天人，作爲小歌詞，直如酌蠡水於大海，然皆句讀不葺之詩爾！……王介甫、曾子固，文章似西漢，若作小歌詞，則人必絕倒，不可讀也！……後晏叔原、賀方回、秦少游、黃魯直出，始能知之。又晏苦無鋪敍，賀苦少典重。秦卽專主情致，而少故實，譬如貧家美女，非不姸麗，終乏富貴態。黃卽尙故實，而多疵病，如良玉有瑕，價自減半矣！」

像這樣看來，北宋這些大詞人，幾乎沒有一個足以名家了。淸照此論，自有她的獨見處，但持論未免過高。本來淸照就是卑睨一世的女詞人，其譏張子韶有「霜華倒影柳三變，桂子飄香張九成」，不能卽據爲定評；尤其不能據爲南北宋詞的比論。因爲淸照是北宋詞人，她只就北宋詞而置論。其餘各家，對於北宋的評論，也無須繁事徵引了。往下開始敍述吧。

北宋詞的發展，在形體上，一方面係仍承五代之舊，爲小詞的創作，一方面更增延形體爲長詞的繁衍；在內容上，一方面仍因花間舊體，描寫婉約的情緒，一方面更擴充詞描寫的對象，創作排宕慷慨的詞。這是動的考察，再進而爲靜的分析。

小詞在五代之發達，上面已有詳細敍述。似乎小詞在五代已經發達到登峯造極的地步，除非別開生面，決不能再向上發展了。這種說法似是而非。五代的小詞，如李後主、馮延巳諸人的小詞，誠然是上乘的作品，有宋數百年的小詞，也未必能後來居上。可是從另一方面想，一種文風文體，必具有佔有時代歷程的繼續性，不是忽起忽滅的。五代小詞雖然價值大，但五代的時代是很短促的，小詞的發展未盡其量，尚有繼續發展之必要，故至北宋依然承緒五代進行小詞之創造，以盡量發展。

小詞因爲簡短的緣故，最適宜於抒寫片段感興的情；並且在藝術上的功夫要求少些，不必詞人，只要稍能運用文字的，便能寫小詞。無論其好不好，以故小詞的創作，在北宋很發達而流行。如寇準、韓琦、司馬光、范仲淹，他們並不是詞人，而拈筆隨手寫來，往往有很佳妙的小詞。

江南春　寇準

「波渺渺，柳依依。孤村芳草遠，斜日杏花飛。江南春盡離腸斷，蘋滿汀洲人未歸！」

點絳脣　韓琦

「病起懨懨，庭前花影添憔悴。亂紅飄砌，滴盡真珠淚。惆悵前春，誰向花前醉？愁無際，武陵凝睇，人遠波空翠。」

蘇幕遮　范仲淹

「碧雲天，黃葉地，秋色連波，波上寒煙翠。山映斜陽天接水；芳草無情，更在斜陽外！黯鄉魂，追旅意，夜夜除非好夢留人睡。明月樓高休獨倚？酒入愁腸，化作相思淚。」

漁家傲（邊愁）

「塞下秋來風景異，衡陽雁去無留意。四面邊聲連角起，千嶂裏，長煙落日孤城閉。　濁酒一杯家萬里，燕然未勒歸無計。羌管悠悠霜滿地，人不寐，將軍白髮征夫淚。」

西江月　司馬光

「寶髻鬆鬆綰就，鉛華淡淡裝成。紅雲翠霧罩輕盈，飛絮遊絲無定。相見爭如不見，有情還似無情。笙歌散後酒微醒，深院月明人靜。」

這是代表北宋貴族方面的小詞，這才是北宋真正的抒情文學。至於平民方面，則類似歌謠的小詞更多惜經過時代的犧牲，類多散佚，不見於載籍，只少數詞散見於各詞話。其載於樂府雅詞者，有九張機無名氏作。錄其五首：

「一張機，采桑陌上試春衣。風晴日暖慵無力，桃花枝上，啼鶯言語，不肯放人歸。」

「四張機，鴛鴦織就欲雙飛。可憐未老頭先白！春波碧草，曉寒深處，相對浴紅衣。」

「五張機，橫紋織就沈郎詩。中心一句無人會。不言愁恨，不言憔悴，只憑寄相思。」

「七張機，春蠶吐盡一生絲，莫教容易裁羅綺。無端剪破，仙鸞彩鳳，與作兩邊衣。」

「九張機，雙花雙葉又雙枝。薄情自古多離別。從頭到底，將心縈繫，穿過一條絲。」

這是很好的歌謠底小詞。吳虎臣漫錄云：政和間，一貴人未達時，嘗遊妓崔廿四之館，因其行第作踏青遊，京下盛傳。詞云：

「識個人人，恰止二年歡會，似賭賽六隻渾四，向巫山重重去，如魚水，兩情美。同倚畫樓十二，倚了又還重倚。　兩日不來，時時在人心裏。擬問卜常占歸計，伴三人清齋，望永同鴛被，到夢裏，驀然被人驚覺。夢也有頭無尾！」

吳曾漫錄又云：宣和間，有女子幼卿題詞陝府驛壁，其詞云：

「極目楚天空，雲雨無蹤。漫留遺恨鎖眉峯。自是荷花開較晚，孤負東風。　客館歎飄蓬，聚散匆匆。揚鞭那忍驟花驄望斷斜陽人不見滿袖啼紅」（浪淘沙）；冷齋夜話云黃魯直發荆州亭柱間有此詞：

「簾卷曲欄獨倚山展暮天無際淚眼不曾晴家在吳頭楚尾。 數點雪花亂委撲漉沙鷗驚起詩句欲成時沒入蒼煙叢裏」

靖康間金人犯闕，陽武蔣令興祖死之。其女爲賊虜去題詞雄州驛中：

「朝雲橫度轆轆車聲如水去白草黃沙月照孤村三兩家。 飛鴻過也百結愁腸無晝夜漸近燕山回首鄉關歸路難！」

這都是很好的小詞，却是民間做出來的，不是貴族做的，也不是詞人做的。現在我們要談到北宋詞人的小詞，舉晏氏父子、歐陽修、李清照幾人的詞爲代表。

晏殊，初宋詞家。他的詞，據他的兒子晏幾道說，生平不作婦人語。但我們一打開晏殊的珠玉詞一看，描寫兒女情正是他的特色，可見幾道的話完全不對。劉貢父云：「元獻（卽殊）尤喜馮延巳歌詞，其所作亦不減延巳」。元獻實在受了延巳詞不小的影響，他的詞也有延巳那樣的溫柔例：

「燕子來時新社，梨花落後淸明。池上碧苔三四點，葉底黃鸝一兩聲，日長飛絮輕。巧笑東鄰女伴，采桑徑裏逢迎，疑怪昨宵春夢好？元是今朝鬬草贏，笑從雙臉生。」（破陣子）

「小徑紅稀，芳郊綠遍，高台樹色陰陰見。春風不解禁楊花，濛濛亂撲行人面。翠葉藏鶯，珠簾隔燕，爐香靜逐遊絲轉。一場愁夢酒醒時，斜陽却照深深院。」（踏莎行）

晏幾道，字叔原，晏殊的幼子。他的詞自然受他父親的影響不少，但叔原對於詞的修養與用功，比他的父親來得深刻些，所以他的詞的造詣，還高勝晏殊一籌。陳質齋說小山詞：「可追逼花間，高處或過之，」這是不錯的批評。看他的詞：

「夢後樓台高鎖，酒醒簾幕低垂。去年春恨却來時，落花人獨立，微雨燕雙飛。記得小蘋初見，兩重心字羅衣。琵琶絃上說相思，當時明月在，曾照綵雲歸。」（臨江仙）

「妝席相逢，旋勻紅淚歌金縷。意中曾許，欲共吹花去。長愛荷香柳色殷橋路，留人住。淡煙微雨，好個雙棲處。」（點絳脣）

歐陽修，他在文學史的文名詩名都很大。他的詞在宋詞壇裏面名不甚著，然而他的小詞，却有極高的價值，還在他的詩之上。後面將有詳細的介紹，這裏隨便舉幾首詞作例：

「堤上遊人逐畫船，拍堤春水四垂天。綠楊樓外出鞦韆。白髮戴花君莫笑，六幺催拍盞頻傳；人生何處似尊前？」（浣溪沙）

「今日北池遊，漾漾輕舟，波光瀲灩柳條柔。如此春來春又去，白了人頭。好妓好歌喉，不醉難休。勸君滿

滿酌金甌。總使花時常病酒，也是風流。」（浪淘沙）

李清照、她是北宋末年人。在中國詞史上一個珍貴的女作家。讀了她的詞，則馮延己的陽春錄，晏同叔的珠玉詞，都失掉牠的溫婉了。猶之乎我們在戲場裏看男扮女的表演，雖妙却總不如女戲子自己表現得自然。她的詞不多，這裏舉她兩首詞作例：

「簾外五更風，吹夢無踪。畫樓重上與誰同？記得玉釵斜撥火，寶篆成空。 回首紫金峯，雨潤煙濃；一江春浪醉醒中。留得羅襟前日淚，彈與征鴻。」（浪淘沙）

「香冷金猊，被翻紅浪，起來慵自梳頭，任寶匳塵滿，日上簾鉤。生怕離懷別苦，多少事，欲說還休。新來瘦，非關病酒，不是悲愁。休休！這回去也，千萬遍陽關，也則難留。念武陵人遠，煙鎖秦樓。惟有樓前流水，應念我終日凝眸；凝眸處，從今又添一段新愁！」（鳳凰台上憶吹簫）

以上所說，只限於小詞方面，小詞還不能算是北宋詞的特色；北宋詞的特色，是在長詞的繁衍。長詞在北宋怎樣繁衍起來呢？能改齋漫錄云：「按詞自南唐以來，但有小令。其慢詞（卽長調）起自仁宗朝。中原息兵，汴京繁庶，歌台舞席，競賭新聲。耆卿（柳永）失意無俚，流連坊曲，遂盡收俚俗語言，編入詞中，以便使人傳習。一時動聽，散佈四方。其後東坡、少游、山谷輩相繼有作，慢詞遂盛。」慢詞的繁衍，卽詞體之擴充。小詞只能寫斷片感興的情，而長詞則能描寫環迴深刻的情緒，並且可以容納多量的詞料，在詞裏面任意使用。

小詞不必詞人之作，也往往有很好的作品。長詞的傑作，則大概出於詞人之手。因爲長詞不但需要才氣大，情緒豐富，就是藝術的手段也是很重要的。所以在平民作品裏面長詞甚形缺乏。但却未嘗沒有也未嘗沒有長詞的傑作。

中吳紀聞記無名氏題吳江的水調歌頭詞：

「平生大湖上，短棹幾經過？如今重到何事，愁與水雲多。擬把匣中長劍，換取扁舟一葉，歸去老漁簑。銀艾非吾事，丘壑已蹉跎！鱠新鱸，斟美酒，起悲歌；大平生長，豈謂今日識干戈？欲瀉三江雪浪，淨洗邊塵千里，不爲挽天河。回首望霄漢，雙淚墮清波。」

詞苑叢談紀李全之子瓊（綠林客）有水龍吟云

「腰刀手帕從軍，戍樓獨倚闌凝眺。中原氣象，狐居兎穴，暮煙殘照。投筆書懷，枕戈待旦，隴西年少。歎光陰似電，易生髀肉，不如易腔改調。世變滄海成田，奈羣生幾番驚擾。干戈爛漫，無時休息，憑誰驅掃？眼底山河，胸中事業，一聲長嘯。太平時相將近也，穩穩百年燕趙。」

古今詞話記無名氏御街行詞：

「霜風漸緊寒侵被，聽孤雁，聲嘹唳。一聲聲送一聲悲，雲淡碧天如水。披衣告語，雁兒略住，聽我些兒心事：塔兒南畔，城兒裏，第三個橋兒外，瀕河西岸小紅樓，門外梧桐雕砌。請教且與低聲飛過，那裏有人人無寐。」

前兩首排宕激昂，後首纏綿婉轉，都是極好的作品。可見民間製作長詞也儘有佳篇，不過流傳極少罷了。能改齋漫錄又記：「西湖有倅閑唱少游滿庭芳，偶然誤舉一韻云：『畫角聲斷斜陽』。琴操在側曰：『畫角聲斷譙門，非斜陽也。』倅因戲之曰：『爾可改韻否？』琴操卽改作『陽』字韻云：

「山抹微雲，天連衰草，畫角聲斷斜陽。暫停征轡，聊共飲離觴。多少蓬萊舊侶，頻回首，煙靄茫茫。孤村裏，寒鴉萬點，流水繞紅牆。魂傷當此際，輕分羅帶，暗解香囊。漫贏得，秦樓薄倖名狂。此去何時見也？襟袖上，空有餘香。傷心處，長城望斷，燈火已昏黃。」

琴操改作，不必勝於原作，但能隨口就韻改詞，不失原意，至少須有點文藝素養。由此可知當時妓女文學，一定有相當的發達，惜乎不傳，我們無法欣賞她們的作品了。往下再講北宋詞人的長詞。

北宋的長詞，依描寫的對象分分為兩派。一派是繼承五代花間的詞風，描寫溫柔的情緒，不過將情緒的成分加濃密些，加複雜纏綿些，描寫鋪張些，以鋪成長調，柳永、秦觀、周邦彥都是這派的代表；一派是完全拋棄那種兒女情緒的描寫，而別開生面去抒寫那偉大的懷抱，壯烈的感情，淋漓縱橫，構成長篇。這一派的代表人物是蘇軾，其餘黃山谷、王安石也有趨向這一派詞風的詞。

先講柳永一派的詞。

柳永、（字耆卿）他是一個潦倒生平的窮詞人。以故，他的詞也儘是閨怨別愁，令人悱惻。他有一段詞的佳話，就是蘇東坡問一樂工「吾詞何如柳耆卿？」對曰：『柳屯田詞宜十七八少女，按紅牙拍，唱「楊柳岸曉風殘月」；學士詞須銅將軍鐵綽板唱「大江東去」。』言外褒貶之意顯然。原來耆卿詞多用俚語，所描寫的亦係男女間思怨離別之情，不難懂而易感染人，故耆卿詞名著於樂部，所謂有井水處，皆歌柳詞也。讓我們來讀他的「楊柳岸曉風殘月」吧！

「寒蟬淒切，對長亭晚暮雨初歇。都門悵飲無緒，方留戀處，蘭舟催發。執手相看，淚眼竟無語凝咽。念去去千里煙波，暮靄沈沈楚天闊。多情自古傷離別，更那堪冷落清秋節？今宵酒醒何處，楊柳岸曉風殘月。此去經年，應是良辰好景虛設。便總有千種風情，更與何人說？」（雨霖鈴）

「對瀟瀟暮雨灑江天，一番洗清秋。漸霜風淒緊，關河冷落，殘照當樓。是處紅衰綠減，苒苒物華休。惟有長江水，無語東流。不忍登高臨遠，望故鄉渺邈，歸思難收。歎年來蹤跡，何事苦淹留？想佳人妝樓長望，誤幾回天際識歸舟！爭知我倚闌干處，正恁凝愁。」（八聲甘州）

陳質齋評柳詞謂：「音節諧婉，詞意妥帖，承平氣象，形容曲盡，尤工於羈旅行役。」這是最適宜的耆卿詞評。

秦觀（字少游）與蘇東坡同時。著有淮海詞。他的詞與蘇黃的詞均不同道，而趨向柳永。蔡伯世稱少游詞：「子瞻辭勝乎情，耆卿情勝乎辭；辭情相稱者，惟少游而已。」彭羨門謂：「詞家每以秦七黃九並稱，其實黃不及秦遠甚。」由此可知少游詞之受人稱道了。少游小詞長詞並皆佳妙，東坡亦很推重他的詞。詞例：

「梅英疎淡，冰澌溶洩，東風暗換年華。金谷俊遊，銅駝巷陌，新晴細履平沙。長記誤隨車，正絮翻蝶舞，芳思交加。柳下桃溪，亂分春色到人家。　西窗夜飲鳴笳，有華燈礙月，飛蓋妨花。蘭苑未空，行人漸老，重來事事堪嗟。煙暝酒旗斜，但倚樓極目，時見棲鴉。無奈歸心，暗隨流水到天涯。」（望海潮洛陽懷古）

「西城楊柳弄春柔，動離憂，淚難收。猶記多情，曾為繫歸舟。碧野朱橋當日事，人不見，水空流。　韶華不為少年留，恨悠悠，幾時休？飛絮落花時候，一登樓，便做春江都是淚，流不盡，許多愁！」（江城子）

周邦彥、（字美成）有清眞詞集。他精於音律，徽宗時提舉大晟樂府。徐釚云：「周清眞雖未高出，大致勻淨，有柳欹花嚲之致，沁入肌骨，視淮海不徒娣姒而已。」清眞詞之舖敍，未必高出淮海，居然有人稱他是北宋第一詞家，未免過譽了吧。他的長調很有名。詞例：

「柳陰直，煙裏絲絲弄碧。隋堤上，曾見幾番，拂水飄綿送行色。登臨望故國，誰識京華倦客？長亭路，年去歲來，應折柔條過千尺。　閑尋舊蹤跡，又酒趁哀絃，燈照離席。梨花榆火催寒食。愁一箭風快，半篙波暖，回頭迢遞便數驛，望人在天北。悽惻，恨堆積。漸別浦縈迴，津堠岑寂，斜陽冉冉春無極。念月榭攜手，露橋聞笛。沉思前事，似夢裏，淚暗滴。」（蘭陵王詠柳）

「正單衣試酒，恨客裏光陰虛擲。願春暫留，春歸如過翼，一去無迹。爲問花何在？夜來風雨，葬楚宮傾國。釵鈿墮處遺香澤，亂點桃蹊，輕翻柳陌。多情爲誰追惜？但蜂媒蝶使，時叩窗槅。東園岑寂，漸蒙籠暗碧。靜遶珍叢底，成歎息。長條故惹行客，似牽衣待話，別情無極。殘英小強簪巾幘，終不似一朶釵頭顫裊，向人欹側。飄流處，莫趁潮汐，恐斷紅尙有相思字，何由見得？」（六醜薔薇謝後作）

這種柳派的詞，我們讀了雖然並不感覺有什麽特別的詞境，也不過和花間小令一樣描寫兩性的愛情，描寫閨思別怨；然而同是寫閨情，同是寫別怨，在小詞只能說幾句便完了，感動人的力比較小，長詞則纏纏綿綿，說了又說，描寫得淋漓盡致。讀了不僅感受一種單純的情緒的刺激，而生複雜的印象，來得深刻而且纏綿。這種作品感動人的力量便很大了。尤其是柳永的詞，孫敦立說：「耆卿詞雖極工，然多複以鄙語，」殊不知「複以鄙語」正是柳詞的佳處。周邦彥的詞，因爲「無一點市井氣」，（沈伯時語）過於文雅，便減削不少的好處了。柳永一派的詞，有一個共同的大毛病，却是詞裏面沒有氣骨。故如陳質齋云：「柳詞氣格不高」；葉少蘊云：「子瞻云：『山抹微雲』秦學士，『露華倒影』柳屯田」微以氣骨爲病也」；徐釚云：「周清眞雖未高出」，這都是從詞的風骨上着眼，不滿意於這一派的詞。實在的，我們如其多讀柳周的詞，只表現一種病態的心理，假如一讀蘇學士的詞，精神立刻與奮起來。

詞到了蘇軾，一洗五代以來詞的脂粉香澤，綢繆宛轉的氣習，別開描寫的生面，打破詞爲艷科的狹隘觀念。眞的，如其我們讀了花間小令，讀了北宋人的小詞，柳永、秦周的詞，再來讀蘇東坡的長歌，眞是如同聽了十七八少女按紅牙拍歌「楊柳岸曉風殘月」以後，頭腦昏迷，忽聽關西大漢執鐵綽板唱「大江東去，」精神爲之一爽。這是何等的感趣味！聽聽唱「大江東去」吧。

「大江東去，浪淘盡千古風流人物。古壘西邊，人道是三國周郎赤壁。亂石崩雲，驚濤拍岸，捲起千堆雪。江山如畫，一時多少豪傑。遙想公瑾當年，小喬初嫁了，雄姿英發。羽扇綸巾，談笑間檣櫓灰飛煙滅。故國神遊，多情應笑我，早生華髮。人生如夢，一樽還酹江月。」（念奴嬌赤壁吊古）

「明月幾時有？把酒問青天。不知天上宮闕，今夕是何年？我欲乘風歸去，惟恐瓊樓玉宇，高處不勝寒。起舞弄清影，何似在人間。轉朱閣，低綺戶，照無眠。不應有恨，何事常向別時圓？人有悲歡離合，月有陰晴圓缺，此事古難全。但願人長久，千里共嬋娟。」（水調歌頭）

黃庭堅。世以秦七、黃九並稱，其實他的詞與秦少游的詞，毫不相干。庭堅有很豪放的詞，如念奴嬌：

「斷虹霽雨，淨秋空，山染修眉新綠。桂影扶疏，誰便道，今夕清輝不足？萬里清天，姮娥何處，駕此一輪玉。寒光零亂，爲誰偏照醽醁？年少從我追遊，晚城幽徑，遶張園森木。共倒金荷家萬里，難得樽前相屬。老子平生，江南江北，最愛聽臨風曲。孫郎微笑，坐來聲歡霜竹。」

王安石、他的詞的造詣不及他的詩，但桂枝香一首，却是極有名的長詞：

「登臨縱目，正故國晚秋，天氣初肅。千里澄江似練，翠峰如簇。征帆去棹殘陽裏，背西風酒旗斜矗。綵舟雲淡，星河鷺起，圖畫難足。念自昔豪華競逐，歎門外樓頭，悲恨相續。千古憑高對此，漫嗟榮辱。六朝舊事隨流水，但寒煙衰草凝綠。至今商女，時時猶唱後庭遺曲。」（桂枝香金陵懷古）

蘇軾這一派的詞，後人很多瞧不起。陳無己云：「東坡以詩爲詞，如教坊雷大使之舞，雖極天下之工，要非本色。」張世文云：「詞體大約有二：一婉約，一豪放。大抵以婉約爲正。」而李易安則以不諧音律爲蘇詞之大病。其實這都是謬論。我們現在論詞是不問正宗與別派，只要好詞。至於「不諧音律」這是音樂方面的事，並不能涉及文學本身的價値問題。因爲蘇詞要抒寫宏壯的襟懷，往往不顧及音律上嚴格的合拍，以形成作品的偉大。據我們看來，蘇軾一派的詞，打破了詞爲艷科的狹義，新闢無窮的詞境，讓新作家去努力。革命的偉蹟不小。無奈一般人只囿於詞以婉約爲宗，不向新境界圖發展，（蘇軾以後直至南宋才有辛棄疾繼起）反肆意譏笑革命軍，而刻意求古，這纔是食古不化呢！

以上約畧敍述了北宋詞的梗概。總之，北宋詞的特色，在小詞方面，繼承五代的餘緒，有晏氏父子、歐陽修、李易安諸人的創作，小詞臻於極盛。長歌方面，分爲柳永和蘇軾的兩派，向不同的方面發展。柳詞就小詞的內容加以深刻的纏綿的情感，舖敍成長詞。蘇派則描寫高曠的意境，表現壯美的個性。結果都有很好的成功。實在講來，這種分派的敘述實是很武斷的。北宋詞人作詞，並沒有什麼門戶之見。如蘇軾稱秦觀爲詞手，而秦蘇二人之詞，便迥不相同。各人只走向各人的路，所以各人都有各人的造就不同。如上面例舉的那些作者，都是一代的大詞人，都是成功的作家，應該分別介紹的。其詳均見下篇宋詞人評傳裏面。這裏因為敘述的方便，只好勉強分派舉例來敘述，作一個概觀。

七　宋詞概觀（下）

到了南宋，詞臻於極盛的境界，同時也却是詞的末運。這怎麽說呢？詞體經過五代至北宋長期的發達，無論在小詞方面，長歌方面，婉約的詞，或是豪放的詞，都有專門的作家，極好的作品。本來體格謹嚴的詞體，描寫對象又是很狹的，經過這麽長期的開展，差不多開展已盡，無可發展了。而且北宋詞既有很好的成績，很好的作品，作為範本，南宋詞人不由的便走上古典主義的路上去了。講詞派，論詞體，講求字面，講求雕琢，儘在作法上轉來轉去；雖有警字警句，而支離破碎，何足名篇名家？況所謂作法之講求，也不過以北宋名家詞為摹本。是則雖有成就，無非北宋人之皂隸，更何能超北宋而上之呢？故在量的方面講，南宋詞誠然發達到極地，無以復加了；若論到詞的本質，則南宋詞確乎是詞的末運了。宋徵璧言，「詞至南宋而繁，亦至南宋而敝，」誠不誣也。

這是概括的說法，汎論南宋詞的現象。但這種說法，嫌太籠統了，而且不免武斷。若是我們把南宋一代的詞分析地說來，則南宋詞也未嘗沒有大詞人，好作品，不可一概而論呢！現在我們為敘述方便起見，分開南宋爲三時期來叙述：（一）南渡時的詞；（二）偏安以後的南宋詞；（三）南宋末年的詞。先講南渡時的詞：

南渡時的詞，那是最值得叙述的，在南宋詞裏面。當時金兵入寇，徽欽被虜，眼見大好河山，淪於異種。一時愛國志士，羣起禦夷。所謂豪傑者流，痛祖國之喪亂，哀君王之淪夷，投鞭中流，擊楫浩歌，其護愛國家的熱枕，懷抱的偉大，胸襟之宏闊，性情之壯美，發爲詞歌，豈獨豪放而已？

我們叙述宋南渡時的詞，換言之，却是講英雄的詞文學。這種英雄的文學，不但在南宋要算特色，也就是有宋全代的特色。原來北宋一代，對於國際間，只持保守和平、退讓主義，只要能保守暫時的苟安，無論如何訂條件退讓，都是可以的。所以有宋二百年的天下，只在吞聲忍氣的苟安之下過活了。雖有范仲淹之流，也不過窮守邊塞，做幾句愁酸詞，那裏有表現出英雄的本色詞來？到了南渡時節，情形便不同了。外力侵入中國，已經鬧得極汹了，自家的國君給異族虜去，自家的國都給異族佔有，自家的家室不能安居，這種種亡國的刺激，激動了一般人民愛國的意識。英雄及英雄的文學，郎是這樣產生出來的。在詞一方面講南渡時英雄的詞，可以拿辛棄疾做代表。但有一位大英雄岳飛，他雖說不是詞人，他作的詞也很稀罕，却不能不說是極珍貴的，極能道出英雄的本色來，看他的詞吧：

「怒髮衝冠，凭欄處，瀟瀟雨歇。抬望眼，仰天長嘯，壯懷激烈。三十功名塵與土，八千里路雲和月。莫等閒白了少年頭，空悲切！靖康恥，猶未雪；臣子恨，何時滅？駕長車，踏破賀蘭山缺！壯志飢餐胡虜肉，笑談渴飲匈奴血。待從頭收拾舊山河，朝天闕」（滿江紅）

滿腔忠憤，一氣呵成，僅僅讀了岳飛這麽一首詞，覺得花間集樂章集的詞都是病態的了；覺得蘇東坡的詞，也不算豪放了。他那種愛國的精誠，在九十七個字裏充分表曝出來，讀了令人奮興，却又不是格言或道德論，在壯烈的情感裏面來現出他全部的人格。

因爲岳飛不是詞人，他的詞極少，够不了我們如何的敘述；現在讓我們來談談這位英雄的詞家辛棄疾吧。

辛棄疾，字幼安，本係北宋人。他少年時與耿京在山東起兵，很幹了一些英雄事業。老年在南宋做官。關於他的平生，下篇將有詳細的介紹。我們只要知道他是一位英雄，他的詞也是英雄底。後人評論他的詞，和評蘇東坡一樣，說是豪放，非詞家正宗。有的說他的詞失之粗俚；有的說他的詞「時時掉書袋，要是一癖」；又有人竟否認幼安的詞是詞，說是詞論。近人胡適則說辛幼安的詞可算是南宋的第一大家，要之奔放豪肆，英雄本色，這是辛詞的長處。我們恭維辛詞的在此處，人家反對辛詞也正在此處。抄他幾首詞作例：

「杯，汝前來，老子今朝點檢形骸。甚長年抱渴，咽如焦釜；於今喜溢，氣似奔雷。漫說劉伶，古今達者，醉後何妨死便埋？渾如許，嘆汝於知己，眞少恩哉！更憑歌舞爲媒，算合作人間鴆毒猜。況怨無大小，生於所愛；

物無美惡，過則爲災。與汝成言：勿留！急去！吾力猶能肆汝杯！杯再拜，道：麾之則去，招則須來。」（沁園春將止酒）

「疊嶂西馳，萬馬回旋，衆山欲東。正驚湍直下，跳珠倒濺，小橋橫截，缺月初弓。老合投閒，天教多事，檢校長身十萬松。吾廬小，在龍蛇影外，風雨聲中。爭先見面重重，看爽氣朝來三四峯。似謝家子弟，衣冠磊落；相如庭戶，車騎從容。我覺其間，雄深雅健，如對文章太史公。新堤路，問偃路何日，煙水濛濛。」（沁園春）

這種詞像是很粗俚，却很可以表示辛幼安的一團豪氣。幼安的詞，尤以少年時代的詞大都才氣橫溢，豪縱不可一世。直到他的晚年歸宋，仕於高宗，這時英雄氣已經消磨殆盡，詞的技巧却越發進步了。在這時候的辛幼安詞與少年時那種英雄氣魄的詞，完全兩樣。

「綠樹聽鵜鴂，更那堪杜鵑聲住，鷓鴣聲切。啼到春歸無啼處，苦恨芳菲都歇。算未抵人間離別。馬上琵琶關塞黑，更長門翠輦辭金闕。看燕燕，送歸妾。將軍百戰身名裂，向河梁回頭萬里，故人長絕。易水蕭蕭西風冷，滿座衣冠似雪。正壯士悲歌未徹。啼鳥還知如此恨，應不啼清淚長啼血。誰伴我，醉明月？」（賀新郎）

「更能消幾番風雨，匆匆春又歸去。惜春長怕花開早，何況落紅無數。春且住：見說道，天涯芳草無歸路。怨春不語。算只有殷勤畫簷蛛網，盡日惹飛絮。長門事，準擬佳期又誤。蛾眉曾有人妒！千金縱買相如賦，

脉脉此情誰訴?君莫舞!君不見玉環、飛燕皆塵土。閑愁最苦!休去倚危欄,斜陽正在煙柳斷腸處。」(摸魚兒)

「寶釵分,桃葉渡,煙柳暗南浦。怕上層樓,十日九風雨。斷腸點點飛紅,都無人管,更誰勸流鶯聲住?鬢邊覷,試把花卜歸期,才簪又重數。羅帳燈昏,哽咽夢中語:『是他春帶愁來;春歸何處,却不解帶將愁去。』」(祝英台近)

沈謙云:「稼軒詞以激揚奮厲爲工,至『寶釵分,桃葉渡』一曲,昵狎溫柔,魂銷意盡,才人技倆,眞不可測!」幼安晚年英雄氣短,兒女情長,故所作詞極盡昵狎溫柔。後人有的稱道他少年時的英雄詞,有的稱道他晚年的艷情詞。我們却不左右袒。英氣詞固是幼安的本色,晚年的艷詞也能自出機抒,不落前人窠臼,令人愛讀。這是辛幼安運用白話的技術,超邁前人的成功。還舉他兩首帶滑稽的小詞爲例:

「幾個相知可喜,才厮見,說山說水。顛倒爛熟只道是,怎奈何,一回說,一回美。有個尖新底,說底話非名即利,說的口乾罪過你。且不罪俺略起去洗耳。」(夜遊宮苦俗客)

「少年不識愁滋味,愛上層樓;愛上層樓,爲賦新詩强說愁。而今識盡愁滋味,欲說還休;欲說還休,却道天涼好個秋!」(醜奴兒書博山道中壁)

與辛幼安同時的詞人,有陸游、劉過。陸游是一個有英雄氣魄而未克發展的人。劉過則係辛幼安的幕客。他倆的詞受辛詞的影響不小。他們的成功也就是辛派。

陸游（字務觀號放翁）他在文學上的造就是詩歌。但他的詞也有很好的。劉潛夫云「放翁、稼軒一掃纖艷，不事斧鑿，高則高矣，但時時掉書袋，要是一癖。」

「華髮星星，驚壯志成虛，此身如寄。蕭條病驥，向暗裏消盡當年豪氣。夢斷故國山川，隔重重煙水，身萬里。舊社凋零，青門後遊誰記？盡道錦里繁華，歎官閑晝永，柴荆添睡。清愁自醉。念此際付與何人心事？縱有楚柁吳檣，知何時東逝。空悵望鱠美菰香，秋風又起。」（雙頭蓮）

一個埋沒了的英雄，我們讀他老年的作品，夢裏依然壯志未消，英氣凜然！「掉書袋」有什麼毛病呢？

他還有很好的白話詞：

「采藥歸來，獨尋茆店沽新釀。暮煙千嶂，處處聞漁唱。醉弄扁舟，不怕黏天浪。江湖上，這回疏放，作個閑人樣。」（點絳唇）

「華燈縱博，雕鞍馳射，誰記當年豪華？酒徒一半取封侯，獨去作江邊漁父。輕舟八尺，低篷三扇，占斷蘋洲煙雨。鏡湖元自屬閑人，又何必官家賜與？」（鵲橋仙）

劉過、（字改之）他在事業上並沒有什麼表現，而在詞裏面則很能表現出他那種英雄氣魄出來。假如說到辛派的詞，則劉過眞是辛詞的嫡派。他有一首很有趣味的沁園春詞：

「斗酒彘肩，風雨渡江，豈不快哉！被香山居士，約林和靖與坡仙老，駕勒吾回。坡謂西湖正如西子，濃抹淡粧臨鏡台。二公者皆掉頭不顧，只管傳杯。白云：天竺去來，圖畫裏崢嶸樓閣開。愛縱橫二澗，東西水遶，兩峯南北，高下雲堆。逋曰：不然，暗香浮動，不若孤山先訪梅。須晴去，訪稼軒未晚，且此徘徊。」

這是劉過寄稼軒的一首詞。這首詞的體格、描寫，在詞史上形成一個特色。用了幾件故事放入詞裏去，並且用對話的描寫，開詞體新例。在劉過看來，詞的界線簡直寬極了。偏岳珂說他是「白日見鬼」。這却不足爲過詞病。此外，改之也還有很嫵媚的小詞：

「蘆葉滿汀洲，寒沙帶淺流。二十年重過南樓。柳下繫船猶未穩，能幾日，又中秋。黃鶴斷磯頭，故人曾到否？舊江山渾是新愁。欲買桂花同載酒，終不似，少年遊。」（唐多令重過武昌）

「情高意眞，眉長鬢青，小樓明月調箏，寫春風數聲。思君，憶君，魂牽夢縈，翠銷香暖雲屏，更那堪酒醒！」（醉太平）

南渡的詞及詞家已於上述。這個過渡期不久，南宋已成偏安之局。再過幾次的恢復無效，宗澤、岳飛輩相繼死亡，於是偏安之局大定。這時君主只圖苟安，士大夫之流，更習於偷懶，得過且過。既沒有英雄，英雄的詞人自然不會有了。一般士大夫既習於時俗的偷閑苟安，沒有豐富的生活，他們的詞也自然不會有內容。加以北宋詞家蔚起，作品斐然。南宋承受北宋的這些成績，在北宋詞裏面抽出一些作詞的原理原則，遵守那些原理原則，只從藝術上做工夫，便自然而然走上古典的路上走，以形成南宋古典主義的詞派。現在我們以詞人的詞與非詞人的詞兩面來叙述偏安以後的南宋詞。

南宋自偏安決定以後，至於宋末，時代很長，作家尤多，叙述實感困難。大概說來，南宋詞的發展，偏於長調，這是繼承北宋之餘緒。小詞則南宋詞人無足稱矣。至於非詞人方面，平民之作，却正相反，長於小詞，小詞有很多很好的，這讓在後面去叙述罷。現在南宋詞人中選幾個作家來代表這一代文人詞的趨勢。

姜夔，（字堯章，號白石道人）與范石湖同時。石湖說「白石有裁雲縫月之妙手，敲金戛玉之奇聲。」石湖自己是個詩人，又會作詞，他的評論自很有意義，但也未免過譽白石了。即如他最有名的暗香，疏影，那是姜夔的自度腔，在詞史是兩首極有名的詞，但在我們看來，也未見得好到怎樣。藝術確是不差，典故也用得很巧，可以說得上「清空」二字，可是沒有內容，沒有情感，引不起讀者心絃的感印，眞是讀了等於不讀一樣，這是壞的方面講。再舉他幾首代表詞：

「淮左名都，竹西佳處，解鞍少駐初程。過春風十里，盡薺麥青青。自胡馬窺江去後，廢池喬木，猶厭言兵。漸黃昏淸角吹寒，都在空城。杜郎俊賞，算而今重到須驚。縱荳蔻詞工，青樓夢好，離賦深情。二十四橋仍在，波心蕩冷月無聲。念橋邊紅藥，年年知爲誰生？」（揚州慢淳熙丙申至日過揚州）

「庾郎先自吟愁賦，淒淒更聞私語。露濕銅鋪，苔侵石井，都是曾聽伊處。哀音似訴，正思婦無眠，起尋機杼。曲曲屏山，夜涼獨自甚情緒？西窗又吹暗雨，爲誰頻斷續相和砧杵？侯館吟秋，離宮弔月，別有傷心無數。豳詩漫與。笑籬落呼燈，世間兒女。寫入琴絲，一聲聲更苦！」（齊天樂詠蟋蟀）

這幾首詞，雖然也不免用典用事，却不能不說是好詞。周保緒拿辛棄疾與姜白石比論說：「吾十年來服膺白石，而以稼軒爲外道，由今思之，可謂捫籥也。稼軒鬱勃，故情深；白石放曠，故情淺；稼軒縱橫，故才大，白石局促，故才小。」拿姜白石來比辛稼軒，自然相形見絀，但在南宋詞人中，姜白石還要算一個成功的作家。他與辛棄疾分道揚鑣，一個人代表一個詞派的趨勢。辛詞已於上述了，姜派詞的特徵在注重詞的藝術與聲律方面，因爲過注意詞的藝術與聲律去了，自然不免削減文學的實質，缺乏內容與情感，這是姜派詞的大缺點。與白石同派的詞人最多，再舉兩個人做代表。

吳文英、（字君特，號夢窗）他的詞古典的意味尤深。他的朋友沈伯時也說他「用事下語大晦處，人不可曉。」張玉田更說：「吳夢窗如七寶樓台，眩人眼目，折下來不成片段。」原來夢窗作詞，只講究字面，雖然字面弄得很好看，却缺乏情感的聯絡，是則字句雖然好看，也不過是美麗的字句，而不是整個的動人的文學作品。但如胡適所謂「詞到吳文英，可算是一大厄運，」又未免太偏見了。夢窗的詞，也何嘗沒有好的呢？

「何處合成愁？離人心上秋！縱芭蕉不雨也颼颼。都道晚涼天氣好，有明月，怕登樓！年事夢中休，花空煙

水流，燕辭歸客尙淹留。垂柳不縈裙帶住，漫長是繫行舟！」（唐多令）

「修竹凝妝，垂楊駐馬，憑欄淺畫成圖。山色誰題？樓前有雁斜書。東風緊送斜陽下，弄舊寒晚酒醒餘。自銷凝，能幾番花前，頓老相如。傷春不在高樓上，在燈前倚枕，雨外熏爐。怕艤遊船，臨流可奈清癯！飛紅若到西湖底，攪翠瀾總是愁魚。莫重來，吹盡香綿，淚滿平蕪。」（高陽台豐樂樓）

這種古典詞也未嘗不好，不過說是南宋第一家，的確是過譽了。

史達祖、（字邦卿，號梅溪）與姜白石同時。白石很欣賞他的詞云：「奇秀淸逸，有李長吉之韻。蓋能融情景於一家，會句意於兩得。」由梅溪的作品看來，則梅溪的詠物詞，實在能曲盡技巧。

「做冷欺花，將煙困柳，千里偸催春暮。盡日冥迷，愁裏欲飛還住。驚粉重，蝶宿西園；喜泥潤，燕歸南浦。最妨他佳約風流，鈿車不到杜陵路。沉沉江上望極，還被春潮晚急，難尋官渡。隱約遙峯，和淚謝娘眉嫵。臨斷岸新綠生時，是落紅帶愁流處。記當日門掩梨花，剪燈深夜語。」（綺羅香春雨）

「過春社了，度簾幕中間，去年塵冷。差池欲住，試入舊巢相並。還相雕梁藻井，又軟語商量不定。飄然快拂花梢，翠尾分開紅影。芳徑，芹泥雨潤，愛貼地爭飛，競誇輕俊。紅樓歸晚，看足柳昏花暝。應自棲香正穩；便忘了天涯芳信。愁損翠黛雙蛾，日日畫欄獨倚。」（雙雙燕）

這種描寫的技術，很能够形容曲致。以上姜、吳、史三人便是代表南宋時代詞風的趨向。王阮亭說：「宋南渡後，梅溪、白石、竹屋、夢窗諸子，極妍盡態，反有秦李未到者。雖神韻天然處或減，要自令人有觀止之歎。正如唐絕句至晚唐劉賓客杜京兆，妙處反進青蓮、龍標一層。」朱彝尊說：「詞人言詞，必稱北宋。然詞至南宋始極其至，姜堯章氏最爲傑出。」南宋詞係以白石爲宗，不但史邦卿、吳夢窗都跟着白石向古典的路上走，卽宋末的詞人也多半受白石的影響，立於姜派系統之下。間有不入這個系統範圍的詞家，如劉克莊、朱淑貞輩。克莊，我們不能明白地說他是那一派的作家，他有古典詞，也有白話詞。朱淑貞則係女性的作家。他們的詞都有很好的。舉幾首詞作例：

「宮腰束素，只怕能輕舉。好築避風台護取，莫遣驚鴻飛去。一團香玉溫柔，笑顰俱有風流。貪與蕭郎眉語，不知舞錯伊州。」（清平樂爲舞姬賦此）

「片片蝶衣輕，點點猩紅小。道是天工不惜花，百種千般巧。朝見樹頭繁，莫見枝頭少。道是天公果惜花，雨洗風吹了。」（卜算子海棠爲風所損）

道是劉克莊的兩首小詞，讀來很覺嫵媚。再舉朱淑貞幾首代表詞：

「樓外垂楊千萬縷，欲繫青青少住；春還去。猶自風前飄柳絮，隨春且看歸何處？滿目山川聞杜宇，便做無情，莫也愁人意。把酒送春春不語，黃昏却下瀟瀟雨。」（蝶戀花送春）

「去年元夜時，花市燈如晝。月上柳梢頭，人約黃昏後。今年元夜時，月與燈依舊。不見去年人，淚濕春衫

䄂！」（生查子）

現在談到宋末的詞了。到了宋末，詞的發達已經發達到無可發展了的境界。朱彝尊說：「詞至宋季始極其變。」實在宋末的詞已經變到無可變了。所謂詞家作詞，也只是在舊詞裏面換字斟句，轉去轉來，並無新意。值不得我們加意來敘述。只舉兩個人的詞為例：

王沂孫、（字聖與，號碧山）張叔夏云「其詞閑雅，有姜白石意趣。」碧山究竟有不有白石的意趣？且讓讀者讀他的詞再加評判吧。

「殘雪庭除，輕寒簾影，霏霏玉管春葭，小帖金泥，不知春是誰家。相思一夜窗前夢，奈個人水隔天遮。但淒然滿樹幽香，滿地橫斜。江南自是離愁苦，況遊驄古道，歸雁平沙。怎得銀箋，殷勤與說年華。如今處處生芳草，縱憑高不見天涯。更消他幾度東風，幾度飛花。」

張炎（字叔夏）的高陽台（西湖春感）：

「接葉巢鶯，平波卷絮，斷橋日月歸船。能幾番遊？看花又是明年。東風且伴薔薇住，到薔薇春已堪憐。更淒然萬綠西冷，一抹荒煙。當年燕子知何處？但苔深韋曲，草暗斜川。見說新愁，如今也到鷗邊。無心再續笙歌夢，掩重門淺醉閑眠。莫開簾，怕見飛花，怕聽啼鵑！」

這兩首高陽台，都是亡宋的作品，包藏無限傷感。玉田作詞源，獨推白石為「清空」，他自己的詞也趨向白石，然而成功不及白石遠了。

詞苑叢談云：

詹天游以艷詞得名見諸小說。其送童甕天兵後歸杭齊天樂云：

「相逢喚醒金華夢，胡塵暗斑吟髮。倚擔評花，認旗沽酒，歷歷行歌奇跡。吹香弄碧，有坡柳風情，逋梅月色。畫鼓江船，滿湖春水斷橋客。當時何限怪侶，甚花天月地，人被雲隔。却載蒼煙，招白鷺，一醉修江又別。今回記得，再折柳穿魚，賞梅催雪。如此湖山，忍教人更說！」

看了這一段話，可知宋末詞的頹廢。據我們看來文學風氣是隨時代的風氣而變。本來南宋以苟安偷活延續牠的殘喘，人民自然習於靡靡的生活。則從詞作品表現出來也是靡靡的生活。如上所舉例一類作品，正是代表時代性的作品呢！最後的宋末的文人詞，我們舉出文天祥來押陣。天祥的生平無須在這裏介紹，他的詞完全表演他那種剛忠的人格。如北上時有題張許廟沁園春一調云：

「為子死孝，為臣死忠，死亦何妨？自光嶽氣分，士無全節，君臣義缺，誰負剛腸？罵賊睢陽，愛君許遠，留得聲名萬古香。後來者，無二公之操，百鍊之剛。嗟哉人生，翕歘云亡，好轟轟做一場。使當時賣國，甘心降虜，受人唾罵，安得流芳？古廟幽沈，遺容儼雅，枯木寒鴉幾夕陽。郵亭下，有奸雄過此，仔細思量！」

「水天空闊，恨東風不借世間英物。蜀鳥吳衣殘照裏，忍見荒城頹壁。銅雀春情，金人秋淚，此恨憑誰雪？

堂堂劍氣，斗牛空認奇傑。那信江海餘生，南行萬里，送扁舟齊發，正如鷗盟留醉眼細看濤生雲滅。睨柱吞嬴，回旗走懿千古衝冠髮。伴人無寐，秦淮應是孤月」。（念奴嬌驛中別友人）

這種詞「爲子死孝，爲臣死忠」的話，誠然不免有些酸腐氣，却是一團壯氣。這樣悲壯的詞，恐怕是南宋的絕響了吧。

文人的詞，已如上述。同時，南宋的非文人的詞，更是不可忽略的。但因爲不是詞人，他們的詞往往是散漫的，難於蒐集，也沒有人蒐集起來。所以有宋一代的民間詞，我們現在能够見到的，除了由那些詞話、叢話裏找得一點零碎的記錄外，那大批的民間詞，已經跟着時代而消滅了。現在我們就這一點詞話裏面找出的零碎所記錄的宋民間詞，便可可得着當代民間詞的大概趨向。只是這種民間詞的時代不很明瞭，有好些詞我們只知道牠是南宋的作品，無法指明時代的細目了。因此，我們只籠統地談談南宋的民間詞：

南宋的民間詞，尤以妓女的詞爲最盛。詞話所載妓女之作居多。本來妓女通文，隋唐已然；南宋尤擅此風氣。大概當時的官妓與營妓，只以歌舞爲職業。所謂妓者技也。歌伎容易通文，若通文則伎益矜貴。因爲這種關係，南宋妓女之能詞者特多，而且多半是白話詞。舉些詞爲例：

蜀妓有送別詞云：

「欲寄渾無所有，折盡市橋官柳。看君着上春衫，又相將放船楚江口。後會不知何日又？是男兒休要鎭

長相守！苟富貴，毋相忘；若相忘，有如此酒！」（市橋柳送行）

成都官妓趙才卿性慧黠能詞。值帥府作食送都鈐帥，命才卿作詞應命，立賦燕歸梁云：

「細柳營中有亞夫，華宴簇名姝。雅歌長許佐投壺，無一日不歡娛。漢王拓境思名將，捧飛檄，欲登途。從前密約悉成虛，空贏得淚如珠。」

詞苑叢談、載蜀妓頗能文，蓋薛濤之遺風也。有客自蜀挾一妓歸，蓄之別室，率數日往。偶以病稍疎，妓頗疑之。客作詞自解，妓用韻答之云：

「說盟，說誓，說情，說意，動便春愁滿紙。多應念得脫空經，是那位先生教底？不茶，不飯，不言，不語，一味供他憔悴！相思已是不曾閑，又那得工夫咒你？」（此詞洪邁夷堅志作陸放翁妾作）

聶勝瓊（宋名妓歸李之問）的鷓鴣天詞：

「玉慘花愁出鳳城，蓮花樓下柳青青。樽前一唱陽關曲，別個人人第五程。尋好夢，夢難成；有誰知我此時情？枕前淚共階前雨，隔個窗兒滴到明。」

詞苑叢談又載營妓馬瓊瓊歸朱延之，延之因闢二閤，東閤正室居之，瓊瓊居西閤。延之之任南昌，瓊瓊以梅雪扇題詞寄之云：

「梅雪妬色，雪把梅花相抑勒；梅性溫柔，雪壓梅花怎起頭？芳心欲訴，全仗東風來作主；傳語東君，早與梅花作主人」。

鄭文妻孫氏的憶秦娥詞：

「花陰陰，一鈎羅韈行花陰；行花陰，閑將柳帶，試結同心。日邊消息空沈沈，畫眉樓上愁登臨；愁登臨，海棠開後，望到於今」。

嘉定間平江妓送太守詞云：

「春色原無主，荷東風着意看承。等閑分付，多少無情風雨，又那更蝶欺蜂妬！算燕雀眼前無數。縱使簾櫳能愛護，到於今已是成遲暮。芳草碧，遮歸路。看看做到難言處，怕仙郎輕颺旌旗，易歌襦袴。月滿西樓絃索靜，雲蔽崑城閬府。便恁地一帆輕舉，獨倚闌干愁拍碎，慘玉容淚眼如經雨。去與住，兩難訴！」

鄭云娘寄張生西江月詞：

「一片冰輪皎潔，十分桂魄婆娑。不施方便是如何，莫是姮娥妒我？雖則清光可愛，奈緣好事多磨！仗誰傳與片雲呵，遮取霎時則個」。

鄭云娘又寄張生鞋兒曲云：

「朦朧月影，黯淡花陰。獨立等多時，只怕寃家乖約，又恐他側畔人知。千回作念，萬般思想，心下暗猜疑。驀地得來厮見，風前語，顫聲低。輕移蓮步，暗卸羅衣，携手過廊西。正是更闌人靜，向粉郎故意矜持。片時雲雨，幾多歡愛，依舊兩分離。報道情郎且住，待奴兜上鞋兒！」

管仲姬，趙子昂妻。子昂欲娶妾，夫人答以詞云：

「爾儂，我儂，忒殺情多，情多處，熱似火。把一塊泥，捻一個爾，塑一個我。將咱兩個一齊打破，用水調和，再捻一個你，再塑一個我。我泥中有爾，爾泥中有我。我與你生同一個衾，死同一個廓。」

這都是極好的白話詞。雖說南宋辛棄疾一派的文人作白話詞很巧妙，終究是文人的作品，不及這種民間來的白話詞和非詞人的白話詞來得親切滑稽有趣。要問民間詞何以是白話的呢？我們可以這樣解釋：古典文學雖說不是我們所稱許的，然而要做到讀破萬卷鑄經鎔史的古典工夫，的確是不容易。一般平民妓女，稍習文字，做做白話詞，那是比較容易的。並且那時的妓女，只是歌伎，爲應歌的需要，容易通文。她們通文的目的，並不妄想在文裏面砌上一些古典，只要能表情達意，人人聽得懂便够了。（用顧頡剛說）因此她們作出來的詞，自然是白話詞，自然作出來很滑稽很親切有趣。只可惜我們現在欣賞這種民間白話詞的機會太少了！

八　論宋詞的派別及其分類

講到宋詞的派別及其分類，雖不是新的研究，却是古人所最不注意的。古人雖然講宗派，講得很嚴，但他們文派的分別，決不是由嚴格分類的結果，聚集那些同樣主義，同樣作風，同受一樣時代環境的洗禮的作家，列爲一派一派。古人講派，只分正統與別派。所謂正統，就是繼承先代的文壇系統，樹立幾個最有名的古文學家作爲模擬的模型，後來的作家，只允許在模型內活動；這便是正統派，這是復古的。反之，若不遵照古作家的風格法則，和古作品的體裁描寫，而自由任意去創造的，這種沒有先代文藝的根據的文體，都是別派。詞的分正統與別派，就是這樣分的。主舊的是正統，創新的皆別派。這種爭文學地位的派，不是科學的研究，自然不能適用。此外對於宋詞的派別，後人有三種分法。一種是以詞體的趨向分的，分爲豪放與婉約二體。其餘兩種是近人的分法。一種是以作者分，分爲貴族文學與平民文學；一種是以文字分，分爲白話與古典兩派。這三種派別的分法，究竟那一種適宜呢？是不是都有缺陷？我們在這裏討論。

（一）豪放與婉約、　將宋詞詞體分婉約與豪放二派，本是明朝張南湖的話。但在宋詞中，顯然有這兩種趨勢，宋初已然。如袁綯說「柳詞須十七八女郎唱「楊柳岸曉風殘月」；蘇詞須關西大漢唱「大江東去。」」這便是說柳詞婉約，蘇詞豪放的明徵。王士禎又謂婉約以易安爲宗，豪放惟幼安稱首。可見南北宋都有這兩種詞的趨勢。那末將宋詞分爲豪放與婉約二派，將宋詞人分別隸屬於此二派之下，似乎是很適宜了。然而不然，根本上宋詞家便沒有一個有純粹隸屬於那一派的可能。詞筌說：「蘇子瞻有銅琶鐵板之譏，然其浣溪沙春閨，『綵索身輕長趁燕，紅窗睡重不聞鶯，』如此風調，令十七八女郎歌之，豈在「曉風殘月」之下？」又爰園詩話「子瞻詞豪放亦只『大江東去』一詞，何物袁綯，妄加品隲！」那末，蘇詞可以列爲純豪放一派嗎？又沈去矜云：「稼軒詞以激揚奮厲爲工，至『寶釵分，桃葉渡』，昵狎溫柔，消魂意盡……」那末，辛棄疾我們可以專稱他爲豪放派嗎？如其我們承認詞是表現思想的，則無論婉約派或是豪放派，不能概括的了。一個作家，有時當花前月下，淺斟低酌，歌筵舞席，對景徘徊，或追尋流水的芳年，或悵望故鄉的情緒，這種情調發而爲詞，自然是纖麗溫柔，屬於婉約一方面。又若有時醉裏挑燈看劍，吹角連營，萬里沙場，揮戈躍馬；或則對大江東去，浩渺無涯，波濤萬頃，吞天浴日，古昔豪傑的英爽，如在面目，舉不勝今昔河山之慨！這時的情調，發而爲詞，自然是悲壯排宕，屬於豪放一方面了。所以辛棄疾、蘇東坡有豪放的詞，也有婉約的詞。一切詞人都是如此。在這裏，我們既然不能說某一個詞家屬於某派，則這種分派便沒有意義了；何況分詞體爲豪放與婉約，卽含着有褒貶的意義呢？

（二）平民與貴族、分宋詞爲平民文學與貴族文學，有兩種說法。一種是拿作者來分別，就是說平民的作品叫做平民文學，貴族的作品叫做貴族文學。還有一種說法是只就作品的精神方面看，凡是平民化的文學，無論牠的作者是貴族也好，都叫爲平民文學；凡是貴族化的文學，無論牠的作者是平民也好，都叫爲貴族文學。照這樣看來，這兩種說法都不適宜於宋詞的分派。照前者說，則宋詞人中除了極少數的作者，大都是貴族的詞人。假如把貴族的意義說廣義一點，做過官的都算數，那末僅僅一兩個詞人是例外，簡直可以說都是貴族的作家。至於平民的作品，據我們想像，當代一定是很發達的，但是經過時代的犧牲與散佚，到了近代，恐怕蒐集全部的平民詞，還抵不到一部夢窗詞。若拿平民詞與貴族的詞作百分比，恐怕還夠不上比例。平民作品既如此貧乏，尙何平民詞派的可言呢？照後者說，更爲困難了。在詩歌裏面，我們往往能發現平民化的文學；在詞裏面我們不但找不出有顯著着平民意識的詞，簡直沒有平民化的描寫。除了有些詞是故意用用白話。因爲詞是抒情的，抒情是主觀的。作者只能抒發自己的情感，那能喊出他人的心聲？一般詞家既都不是平民階級，過的貴族生涯，而詞又不適宜於客觀的描寫，所以平民化的作品，不能在宋詞裏面發現出來。那末在實際上平民文學已經不能在宋詞裏面有成立派的可能了，更何必抬出沒有實際的「平民的」來誇示呢？

(三)白話與古典、　假如把宋詞分爲白話與古典兩派，這果然是較適宜了。那無量數的宋詞，我們可以歸納到這兩類；那無量數的宋詞家，我們可以歸納爲這兩派。雖然這種派別是近人研究文學史才倡起來的，然宋人論詞已有雅俗之別。不過雅俗的標準很困難。白話卽俗嗎？古典卽雅嗎？白話不一定是俗，古典也不必卽雅。只有用白話與古典來別派宋詞，那是很顯明易別了。可是談到作家上面來，我們還是不能斷定他的屬派。說到古典吧，宋詞人那一個沒有幾分古典臭味呢？那些號爲古典派的，不必說了。不號稱古典派的，如蘇東坡、黃山谷、辛棄疾之流，白話詞的創作很多，然亦何嘗沒有古典文藝呢？蘇東坡的賀新涼「乳燕飛華屋」，西江月「玉骨那愁瘴霧」，黃山谷的浣溪紗「新婦磯頭」，辛棄疾的祝英台近「寶釵分，桃葉渡」賀新涼「綠樹聽啼鴂」這都是用典用事偷竊古人辭句的古典詞。老實說，就是這幾位白話派的詞人的古典詞也抄不清呢！原來這些白話詞人之所以作白話詞，是由於他們的才氣大，不屑去抄古典，胸襟豪放，不愛尋典苦吟，往往對景生情，呵氣成詞，這種詞多半是白話，並不是他們有意的提倡白話。其實，他們還是不忠實於白話，他們還很愛做很古典的雅詞。再說到白話吧，宋詞人也那一個不愛掉幾句白話呢？那些所謂白話派的詞人，不必說了。就是很古典式的作家，有時高興了，也學學時髦，敲幾句白話，橫豎他們是以爲詞是小技，無關文學宏旨的。或者他給歌妓們作歌辭時，爲要求她們的了解與欣賞起見，也時常作白話詞。他們的用白話是這樣起來的。還有在一首詞內有幾句像雅言，有幾句又是白話，雅白夾雜在一起，好像現代人作白話時也愛掉幾句文言一樣。照這樣看來，在宋詞裏面嚴格的分白話與古典派也是不適用的。

總之，宋詞人作詞是很隨意的，有時高興做做白話詞，有時高興做做古典詞；有的時候詞很豪放，有的時候詞很婉約；沒有一定的主義，沒有一定的派別，我們決不能拿一種有規範的派別來限制他們。本來文學上的分派，要把那些自由創作的偉大作家，拿幾個簡單的字來概括全他們，自然很困難而不可能；何況比文學範圍狹隘得多的詞，要分派別不是更困難，而且可以不必嗎？於今我們掉過頭來討論宋詞的分類。

宋詞的分類，有兩個分法：一種是由形式的長短分，一種是以描寫的性質分。比較以後者分類最爲適宜。

爲什麽由形式的長短分類不好呢？在未批評之先，我們必先知道這種分類的內容。最初南宋人編草堂詩餘卽用這種分類法，分爲小令，中調，長調。以五十八字以內爲小令，（或謂五十九字以內爲小令）五十九字至九十字爲中調，九十一字以外爲長調。這種分類法，是一點道理都沒有的。假如我們問何以要五十八字以內是小令？何以五十九字至九十字爲中調？何以九十一字以外爲長調？我想就是創此分類法的人，也無法答覆了。卽假定這種分類法是對的，那末，七娘子調有五十八字者，有六十字者，是小令呢？中調呢？雪獅兒有八十九字者，有九十二字者，將爲中調呢？長調呢？（引用萬樹詞律語）我們不必去攻擊這種分類法，這種分類法的本身，已經不能自圓其說了。

假如我們就宋詞描寫的對象分類，這似乎是很煩難的。在詩歌裏面，一個作家，可以分幾十種描寫性質不同的作品。但在詞裏面，宋詞的描寫，只有簡單的幾方面。第一因爲詞離不掉主觀的描寫，第二因爲詞離不掉抒情，所以宋詞描寫的性質，我們可以由幾千首宋詞裏面，歸納爲這麽幾類來：

（一）豔情詞——描寫兩性愛的情緒和動作的。如黃魯直的千秋歲、歸田樂引、好事近，鄭云娘西江月，鞋兒曲，南唐後主的一斛珠。

（二）閨情詞——描寫閨人的情緒，相思。如鄭文妻孫氏的憶秦娥，蜀妓的鵲橋仙，歐陽修的歸國謠，李後主的相見歡，李易安的一剪梅。

（三）鄉思詞——描寫思鄉的情緒和感懷。如柳永的八聲甘州安公子，蔣興祖女的減字木蘭花。

（四）愁別詞——描寫離別時或離別後的情緒。如毛滂的惜分飛，柳永的雨鈴霖，蜀妓的市橋柳，周邦彥的蘭陵王。

（五）悼亡詞——描寫喪亡的哀感。如蘇軾的西江月（悼朝雲），卜算子（悼溫超），李後主的虞美人。

（六）歎逝詞——描寫時光的流駛，良辰美景的飛逝，芳年的難淹留。如賀方面的青玉案，秦少游的江城子，滿庭芳，王彥齡妻舒氏的點絳脣。

（七）寫景詞——因為詞過片時須到自敍，往往寫景裏面夾着抒情。如張子和的漁歌子，歐陽修的採桑子，晏同叔踏莎行、淸平樂，黃山谷的浣溪紗，吳城小龍女的江亭怨。

（八）詠物詞——詠物詞也夾着抒情。如蘇東坡水龍吟的詠楊花，史邦卿雙雙燕的詠燕，姜白石暗香疏影的詠梅。

（九）祝頌詞——康與之的滿庭芳，晏叔原的鷓鴣天，柳永的傾杯樂，醉蓬萊。

（十）詠懷詞——岳飛的滿江紅，辛棄疾的水調歌頭、賀新涼，無名氏題吳江的水調歌頭。

(十一)懷古詞——蘇軾的念奴嬌，辛棄疾的永遇樂、水龍吟(過南澗雙谿樓)。

這十一分類，大概宋詞可以概括着了。前八類是屬於婉約一方面的，是優美的，女性的，殉情的詞；後兩類是屬於豪放一方面，是壯美的，男性的，英雄的詞。這是作品的分類。現在我們把作者與作品的分類，聯合着列爲一個簡單明瞭的分類表。

宋詞的分類
- 由作者分
  - 詞人(女詞人在外)→貴族文學者→貴族文學＜古典／白話
  - 非詞人——→平民作家——→平民文學＜白話
- 由作品分
  - 婉約類
    - 艷情閨情詞
    - 鄉思愁別詞
    - 悼亡歎逝詞
    - 寫景詠物詞
  - 祝頌詞……
  - 豪放類
    - 詠懷詞
    - 懷古詞

九　宋詞之弊

宋詞的價值，我們由研究宋詞的緒論已略知梗概。在宋詞概觀裏面，更分析地說明介紹了一個時代優秀不朽的作品及其作風。並且在下篇宋詞人評傳中，我們更要詳細儘量介紹許多偉大的宋詞作家。故關於宋詞讚美的，如何有價值的批評，已經不必費事討論。但是宋詞便沒有弊點嗎？自然是有的。宋詞的弊點，我們至少可以從宋詞的類屬發現出來。

據我的觀察，宋詞有兩個本體上的病根，有兩個現象的上弊點。本體的病根是：

(一)音數的限制、 拿詩歌來說，近體詩如律詩、絕句均有音數的限制。古體詩如古風樂府，即篇幅長短自由，音數沒有一定。所以要表現偉大的思想想像，豐富的情感，只能在古體詩裏面抒寫出來，近體詩是不可能的。詞便與近體詩陷於同樣的缺陷。詞雖有小令、中調、長調長短不同，每一個調牌的音數，却是一定不易的。並且長調最長的如鶯啼序之類，也不過二百餘字呢？所以想在詞裏面表現一種複雜的思想、情緒，或是敍述複雜的意境和事實，也是不可能的了。我們看六一詞裏面用漁家傲的調子來描寫牛郎織女的故事，寫了一首還表現不够，又寫一首；還表現不够，又寫一首，疊合三首詞牌，才表現一個完全的意境，不能在一首詞裏面表現出來，便可以發現詞的音數限制的壞處了。我們常常讀了一首詞，覺意早已窮，而硬湊上幾句無意義的話，而完成一個調子的。著名的詞人姜白石便不免常有此病。又常有一首詞，辭完了，還有許多意思應該表現，而篇幅不允許的。這都是音數限制的缺陷。

(二)聲韻的限制、　中國的各種文體講究聲韻最嚴格的要算是詞了。李淸照云：「詩文只分平仄，而歌詞分五音，又分五聲，又分音律，又分淸濁輕重且如近世所謂聲聲慢、雨中花、喜鶯遷既押平聲韻，又押入聲韻；玉樓春本押平聲韻，又押去聲韻，又押入聲，本押仄聲韻，如押上聲則協，如押入聲則不可歌矣。」這是何等嚴格的音律。因此就是宋代詞人的詞也往往不能協律了。音律嚴格在音樂上本來是很需要的而在文學上，爲了遷就嚴格的音律，便不免削減許多意境，這又是一種缺陷。

(三)描寫對象的狹隘、　照上面宋詞的分類，宋詞所描寫的對象不過是「別愁」「閨情」「戀愛」的幾方面而已。我們不但不能在宋詞裏面發現和孔雀東南飛一樣的長篇敍事詩來，就是杜工部、白香山那種描寫平民痛苦的作品也沒有。不但沒有描寫平民痛苦的作品，就是五七言律詩所能够抒寫懷抱壯志的作品也很難在宋詞裏面發現。這雖說是詞的體裁，不適宜於那樣的描寫，却可以證明詞描寫對象的狹隘。沈伯時說：「作詞與作詩不同，縱花草之類，亦須略用情意，要入閨房。」金元鼎說：「詞以艷麗爲工。」這更可證明詞只是艷料。雖有蘇軾、辛棄疾輩打破詞爲艷科之目，起而爲豪放的詞，但當時輿論均說是別派，非是正宗。並且能豪放詞者，有宋一代也只有蘇辛幾個人呢。文學的對象應該是人生的全部，宋詞的描寫乃只偏於最狹義最局部的貴族的人生，這不但不够讀者的欣賞要求，也就十分限制了天才作家的發展。

(四)古詩辭意的模襲、　詞家多剟詩意入詞，雖名流不免。如秦少游最著名的「斜陽外，寒鴉數點，流水繞孤村」係用隋煬帝詩「寒鴉千萬點，流水遶孤村」；歐陽修的「淚眼問花花不語，」係本嚴惲詩「盡日問花花不語」晏叔原浣溪紗「戶外綠楊春繫馬，牀頭紅燭夜呼盧，」則本於韓翃詩「門外綠楊春繫馬牀前紅燭夜呼盧，」僅僅改換兩個字；蘇軾的點絳脣後半闋全套漢武帝的秋風辭辛棄疾的賀新郎全與李白擬恨賦相似；周邦彥則人家說他「頗偷古句。」這些都是有宋第一流的詞家都不免翻「詩意」或「詩句」入詞。藝苑雌黃還說是「名人必無杜撰語。」其實這種抄襲的模擬，正是宋詞的大病。

宋詞既然有了這種種的缺陷，加上晚宋講究詞派，（或尊姜白石，或宗周邦彥，或學辛棄疾）講究詞法，（如沈伯時樂府指迷云：「說桃不可直說『桃』，須用『紅雨』『劉郎』等字」之說，張叔夏「淸空」『質實』之說。）作品之陳腐，千篇一律，無非爲前人作書記。其下者書記還不如呢！這正如晚唐西崑詩之發展一樣，國家要亡了，而他們這些文人乃沈醉於象牙之塔，高唱他們的豔歌，不知時代是何物。這不是宋詞的厄運最後的臨到了嗎？

由宋詞蛻化到元曲，這些宋詞的弊點都給元曲打破或改善了。元曲的最初的官本雜劇，即是以詞牌重疊成套。如薰穎宮薄媚大曲一套，史浩勛峯大曲有劍舞采蓮等七套，（見彊村叢書）皆以數曲來代一人的言語表示一個意義，或專敘一件故事，以補助詞的音數限制的缺陷。到了後來由大曲變爲董西廂及元人套數雜劇，竟連詞牌也廢去不用了。嚴格的聲韻也解放了不少。至於描寫的對象，那末戲曲是綜合的藝術，他所描寫的是社會的一個歷程或人生生活的一截段，無論喜劇悲劇，都包括在裏面，描寫的對象擴大得多了。描寫的工具，他們也用的當時的白話。雖也不免用前人語，但不像宋詞的襲模唐詩了。總歸一句，元曲是應宋詞之弊而興起，所以改善了宋詞根本的不合用，和許多末流的弊點。我們但知詞曲之遞變，是由音樂的關係；不知道在文學體裁的變遷上，曲也應該代詞而興呢！

一　引論

研究宋詞的起源、發達、變遷及其衰落的原因和狀態，這是動的研究，已著爲宋詞通論了。就宋詞的作家及其作品，一一加以分析的與考察的研究，這是靜的研究，這種工作打算從這裏做起，著爲宋詞人評傳。

實在要作宋詞人評傳並不是一件容易的事，至少有六個困難在：

(一)選詞人之難、　有宋一代之文學，詞爲最盛，詞的作家何止百千？雖經過時代的散佚與淘汰，據陳直齋書錄解題著錄南北宋總別集不過一百七家，卽後來遺佚間出，詞林萬選良慎序竟謂「慎家藏唐本五百家詞」，然時至今日，卽盡收各詞家遺佚，並包括各總集別集計算，至多亦不過二百家詞而已。以有宋詞業之盛，僅僅留下不到二百的詞家，自然要算貧乏之。但在現在的我們，想從二百家詞裏面選出幾分之幾的代表來作評傳，這就不免困難了。第一，我們不能拿著名與不著名的標準來選作家，因爲不著名裏面往往潛伏着極偉大的作者。第二，我們也不能拿詞派來作選詞家的標準，因爲詞派不能決定作家的優劣，卽在同一詞派內也有高下判殊的作者。這是作宋詞人評傳的第一個困難。

(二)考詞人身世之難、　就算選出了一些適當的作家來作評傳了，那末劈頭一個困難，我們對於那些詞人的身世一定是茫然的很多。雖然有宋書列傳，雖然有宋書文苑傳，然而在那裏除了幾個詞人有傳外，大詞人如柳永、李清照都沒有傳在別的書上，也很難考見關於詞人的身世。這是作宋詞人評傳的第二個困難。

（三）評論詞人之難、　從來對於詞人的評論，往往因主觀的好惡而不同，或因派別的歧異而肆加醜詆；或因師友的阿私而妄發褒辭。就如吳夢窗吧，張叔夏譏其詞為「七寶樓臺，炫人眼目，拆下來不成片段，」四庫提要則推為「詞家之有文英，亦如詩家之有李商隱。」同是一個詞人而後人有極矛盾不同的評論，究竟那一說對呢？又如比較作家的批論，陳後山說：「今代詞家惟秦七黃九；」彭羨門則云：「黃不及秦遠甚。」又如賀黃公說：「美成視淮海不徒娣姒而已；」有人則云：「美成深遠之致不及少游。」究竟那一說對呢？這是作宋詞人評傳的第三困難。

（四）選作品之難、　「從來佳處不傳，不但淪隱之士名人猶抱此恨，」是選作品怎樣的困難呢！「北宋有無謂之詞以應歌，南宋有無謂之詞以應社，」（周保緒語）這樣粗製濫造，恐怕是文人的通病吧。是選詞又怎樣的困難呢！固然這些應歌應社的詞也未嘗沒有好的詞，碧山齊天樂之詠蟬，玉水田龍吟之詠白蓮，皆為社中作；周美成的蘭陵王，蘇東坡的賀新涼皆當筵命筆，冠絕一時。然而也未嘗沒有壞詞，即如東坡集子裏的和韻、次韻的應酬詞居多，並且有許多迴文詞。在如夢令裏面，原來是詠沐浴的水垢的。這自然在詞品中要算下下。所以要在詞裏面沙裏淘金，選出能夠代表作家的個性及其思想的詞，和能夠代表作者文藝上最高造詣的詞，這也是一個困難。

(五)考作品眞僞之難、 宋人的詞往往互見集中，或已集插入別作，或別集雜入己作，眞僞很難明瞭。卽如六一詞集子裏的豔歌，或謂劉煇作，或謂爲別有仇人作，或謂爲歐公自作，至今還是「存疑學案」。其他與陽春錄、樂章集、淮海詞諸詞集相夾雜的，簡直很難有方法分出最後的眞僞來。至於調名之考證，字句之校勘，麻煩瑣碎，更難可考！這是作宋詞人評傳的第五個困難。

(六)評論作品之難、 評論作品亦因主觀而歧議。劉過沁園春，岳珂譏其「白日見鬼」，吹劍錄則云，「此詞雖粗而局段高，與三賢游，固可睨視稼軒，視林白之淸致，則東坡所謂淡妝濃抹已不足道！」姜白石的暗香疎影，張叔夏稱其「前無古人，後無來者，自立新意，眞爲絕唱，」人間詞話則云：「調雖高，然無一語道著。」至張叔夏處處譏夢窗不曰「用字太澀，」卽云「此詞疎快不質實，」這又是左袒白石的黨見了。李淸照的聲聲慢極受時人的熱烈稱賞，而蒿廬師則謂「此詞頗帶俗氣，昔人極口稱之，殆不可解。」就是同欣賞一首詞吧，見解也不一定一樣，如東坡最賞識少游踏莎行的「郴江幸自遶春山，爲誰流下瀟湘去，」近人王國維則激賞其前二語，「可堪孤館閉春寒，杜鵑聲裏斜陽暮，」謂詞境淒厲；東坡賞其後二語，猶爲皮相。這樣議論紛紜，莫可究詰。欣賞之難，評論猶難。這是作宋詞人評傳的第六個困難點。

因爲有許多困難，我們便停止作宋詞人評傳的工作嗎？不，不然。我們不能因噎廢食，對於這些困難，至少應有相當的解決。

(一)選詞人定標準有二：一有歷史價值的作家，就是對於當代影響大的作家；二有現代文藝價值的作者，就是作者的作品合於現代文藝之欣賞的。

(二)考詞人身世除歷史上已有詳細的著錄者外，詞人的生卒傳略，我們儘力搜集散在各叢談詞話的零碎記載，就其可靠的組成系統，其無可考者則只有闕疑。

(三)評論詞人，不囿於派別，不講宗社，只就作者作品全體的綜合，拿來與各家的評論比較，定為最後的結論。

(四)選作品亦有兩個標準：(A)代表藝術的，(B)代表思想的作品。

(五)就最精的刋本或就幾種刋本比較，或從詞話裏面的校勘。

(六)評論作品，我們適用近代文學批評的眼光來評論，詞應該摒除古典的，模擬的作品，歡迎創造的，白描的作品，同時也不可不顧及古人的議論，因為他們的見解，至少有他的時代價值。

現在我們照着這些標準往下工作吧：

二　詞人柳永

如其藝術的動機果然是要求理想的實現，果然是不滿足的創造，果然是生命的追求；那末理想是永這不能實現的不滿足永遠是不滿足的生命的追求也不是枉然的嗎？若是一個感覺銳敏的天才創作家，他對於社會人生，只有戀愛只有痛恨只有悲觀，只有失望了。「人生愁恨何能免？多情獨我情何限，」所以古今往來的詩人賦客，多半是沈湎在哀感裏過活；他們的作品，也多半是哀感的表現。舉例說吧，就如納蘭性德，他是皇室宗族，父居顯要，家庭無故，自己又是年少才華，境遇不能算不好了；而他的作品之所表現的，盡是帶着陰霾的情調。又如陶淵明，他自己說是「富貴非吾願，」「性本愛邱山，」總算很能怡然自樂了；而他的作品也薰染着濃厚的悲哀色彩。環境如納蘭性德，達觀若陶淵明，尙且「未免有情誰能遣此，」更何況我運命多舛生平潦倒的柳耆卿呢？

且讓我們來敍述這位偉大的詞人的生平及其作品吧。

「耆卿初名三變，後更名永，」（見陳后山後山詩話）——但葉夢得避暑錄話云：「永字耆卿，後改名三變，」后山與夢得均係宋人，而后山略早；並且福建通志四庫提要詞綜均作「初名三變，更名永，」比較起來，葉氏之說未免孤立，故用陳氏說。——福建崇安人。（詞綜作樂安誤）父宜，擢官至工部。他的生卒年月已不可考。從他的「晚第」看來，他是公元一千零三十四年的進士，大約他的生年在公元一千年左右，官至屯田員外郎。這在北宋詞人中間祿位要算最低的了。

耆卿在少年時的生活，原也是很浪漫的。避暑錄話載他「爲舉子時，多遊邪狎，善爲歌辭。每得新腔，必求永爲辭，始行於世。於是聲傳一時。」原來柳永在他的青年時代，詞便已享盛名了。但是文人自古多窮，耆卿又何能逃此公例？耆卿的詞雖已享盛名，然「仁宗留意儒雅，務本理道，深斥浮豔虛華之文。三變好爲淫冶之曲，傳播四方，嘗有鶴冲天詞云，『忍把浮名，換了淺斟低酌，』及臨軒放榜，特落之曰『此人風前月下，好去淺斟低唱，何要浮名？』……」（能改齋漫錄）這是柳耆卿作政治活動的第一厄運。

其後，耆卿的詞名傳到宮禁裏去，後山詩話又載：「柳三變遊東都南北二巷，作新聲樂府，……，遂傳禁中。仁宗頗好其詞，每對必使侍從歌之再三。三變聞之，作宮詞號醉蓬萊，因內官達後宮，且求其助。仁宗聞而覺之，自是不復歌其詞矣。會改京官，乃以無行黜之。」這是耆卿政治活動的第二厄運。

復次，「耆卿爲屯田員外郎，會太史奏老人星現，秋霽，宴禁中。仁宗命左右詞臣爲樂章。內傳屬耆卿應制。耆卿方冀進用，作此詞奏呈。上見首有漸字，色若不懌。讀至『宸遊鳳輦何處』，乃與御製眞宗輓詞暗合，上慘然！又讀至『太液波翻』，曰『何不言波澄？』投之於地，自此不復擢用。」這是耆卿政治活動的第三厄運。

以耆卿之心切求名，却又不會體貼君意，不解摹擬聖旨，只憑自己的才華，想博得人主的歡心，以故三次因詞激怒仁宗，功名自然無望了。但耆卿却如何心服？他答晏殊的問作曲便說，「祗如相公亦作曲子，」可見他的憤憤不平了。原來晏殊能詞而做大官，耆卿能詞則反因此而官只屯田員外郎，終身潦倒，何一幸一不幸呢？

功名既是絕望，從此耆卿便流落不偶了，從此便眞是在花前月下，淺斟低唱了，從此便流連於歌舞場中儘量發揮他的文藝天才，以博得名妓的青盼在普遍社會上要求普遍的欣賞了。他製的詞很多但不外描寫「哀感」與「惆悵」：

「洞房記得初相遇便只合長相聚。何期小會幽歡，變作離情別緒。況值闌珊春色暮，對滿目亂花狂絮。直恐好風光盡隨伊歸去。一場寂寞憑誰訴？算前言總輕負！早知恁地難拚，悔不當初留住。其奈風流端正外，更別有繫人心處。一日不思量，也攢眉千度。」（晝夜樂）

「凍雲黯淡天氣，扁舟一葉，乘興離江渚。渡萬壑千巖，越溪深處。怒濤漸息，樵風乍起，更聞商旅相呼。片帆高舉，泛畫鷁翩翩過南浦。望中酒旗閃閃，一簇煙村，數行霜樹，殘日下，漁人鳴榔歸去。敗荷零落，衰楊掩映，岸邊兩兩三三浣紗遊女，避行客，含羞相笑語。到此因念繡閣輕拋，浪萍難駐。歎後約丁寧竟何據？慘離懷，空恨歲晚歸期阻。凝淚眼，杳杳神京路，斷鴻聲長天暮。」（夜半樂）

「望處雨收雲斷，凭闌悄悄，目送秋光。晚景蕭疏，堪動宋玉悲涼。水風輕，蘋花漸老，月露冷，梧葉飄黃。遣情傷，故人何在？煙水茫茫！難忘文期酒會，幾辜風月，屢變星霜。海闊天遙，未知何處是瀟湘！念雙燕難憑遠信，指暮天空識歸航。黯相望，斷鴻聲裏，立盡斜陽。」（玉蝴蝶）

「閒窗漏永，月冷霜華墮。悄悄下簾幕，殘燈火。再三追往事，離魂亂，愁腸鎖，無語沉吟坐。好天好景，未省展眉則個。從前早是多成破，何況經歲月，相拋嚲？假使重相見，還得似當初麼？悔恨無計，那迢迢長夜，自家只恁摧挫！」（鶴冲天）

這些詞，都要算是耆卿身世的表現。雖則在耆卿詞裏有云：「忍把浮名，換了淺斟低唱，」究竟還是有心功名的，乃再三受黜，名場失意，自然鬱悒寡歡。雖與羣妓爲伍，亦不過聊以解愁。所以在詞裏面，處處表現他的「哀感」。又耆卿生於福建，長遊汴洛，功名未立，故鄉萬里，既無緣歸去，如何不動鄉愁？因此耆卿又常發「望故鄉渺渺，歸思難收，」「想佳人妝樓長望，誤幾回天際識歸舟」的長歎了。

這般的流浪，這般的沈醉於歌舞場以了殘生，一代的詞人柳耆卿終於在湖北襄陽停止他的生命創造了。他死後蕭條，葬資亦無所出，羣妓爭醵金葬之於棗陽縣花山。每遇清明時節，多載酒肴飲於耆卿墓側，謂之「弔柳會」。漁洋詩云：「殘月曉風仙掌路，何人爲弔柳屯田？」耆卿雖潦倒一生，而得名妓之崇愛，死後猶眷念不忘，也許耆卿在九泉下要微笑吧！（按耆卿葬地，避暑錄話、獨醒雜志、福建通志、方輿勝覽所載均不同。）

上已略考述耆卿的身世既貫，現在要談到他詞的創作工程了。其詞陳振孫書錄解題載樂章集三卷，四部提要云：今止一卷，蓋毛晉刊本所合併也。（結一廬書目載元刊本九卷，北宋本多六卷）宋詞之傳於

九二

今者;惟此集最爲殘闕。夫既淪落不偶於生前,復受文字之摧殘於死後,何耆卿之不幸呢?

在我們還沒有批評到柳詞,必先看柳詞之時代性怎樣。換言之,是問柳詞及於他那個時代的影響如何?

葉少蘊云:「嘗見一西夏歸朝官云:『凡有井水處,即能歌柳詞』。」

陳后山云:「柳三變作新樂府,骫骳從俗,天下詠之。」

却掃編云:「劉季高侍郎,宣和間嘗飯於相國寺,因談歌辭,力詆柳耆卿,旁若無人者。有老宦者聞之,默然而起,徐取紙筆,跪於季高之前,請曰:『子以柳詞爲不工者,盍自爲一篇示我乎?』劉默然無以應。」

樂府餘論:「耆卿失意無俚,流連坊曲,遂盡收俚俗語言,編入詞中,以便伎人傳習,一時動聽,散播四方。」

由這幾段話,我們可以明白「有井水處,即能歌柳詞,」則柳詞傳播之廣,可以概見了。爲什麼柳詞這樣受當代歡迎呢?「骫骳從俗,」「盡收俚語編入詞中,」這就是柳詞受當代歡迎之原因,也就是柳詞的特色。柳詞運用白話的描寫,其特色有可述者:第一是不落前人窠臼。若作雅詞,詞句必有所本,即不有意摹擬,亦易落前人巢臼。白話詞則不然。尤其在柳永這個時代,白話詞的創作,還在開始,耆卿之白話詞既是「骫骳從俗,」自然不會抄襲前人而自作新語。第二:是白話詞的普遍性。那是做成「有井水處,即能歌柳詞」的原因。此外柳詞更有藝術上的特點，就是白話描寫的技術：

五代的詞，如花間詞、延己詞、南唐二主詞，那都是小令，寫一瞬間的情思，對於物界雖有描寫，而詞體却不容許他作鋪張的擬摹。到了柳耆卿才推衍小令爲長詞。（宋翔鳳云：「先於耆卿如韓稚圭、范希文作小令，惟歐陽永叔間有長調，羅長源謂多雜入柳詞，則未必歐作，余謂慢詞當始於耆卿矣」慢詞即長詞）耆卿在長詞裏面的描寫，最能够將一種很平常的境界藝術化，美化出來。例如八聲甘州：「對瀟瀟暮雨灑江天，一番洗清秋。漸霜淒風緊，關河冷落，殘照當樓。是處紅衰綠減，苒苒物華休！惟有長江水，無語東流。……」不過是晚景，不過是暮秋，而耆卿寫來，暮秋的蕭瑟，晚景的寂寥，已極寓悲涼之意，更加上過片一大段，「不忍登高臨遠……」主觀的訴情，便越發能够動人了。我們知道李後主的詞也和耆卿一樣的描寫哀感，但二人描寫的內容與方法絕對不同：李後主是由聖潔的摯情極沈痛的哀感婉約地簡質地表現出來，這是李詞；耆卿則由他那浪流的生涯，沈淪的痛苦，鋪張纏綿地描寫出來，這是柳詞。二者創作的方式雖不同，而詞的成功却是一樣。

耆卿不但能够表現哀感的境界，也能够表現樂觀的絕美的境界。

「東南形勝，江湖都會，錢塘自古繁華。煙柳畫橋，風簾翠幕，參差十萬人家。雲樹遶堤沙，怒濤捲霜雪，天塹無涯。市列珠璣，戶盈羅綺，競豪奢。重湖疊巘清佳，有三秋桂子，十里荷花。羌管弄晴，菱歌泛夜，嬉嬉釣

叟蓮娃。千騎擁高牙，乘醉聽簫鼓，吟賞煙霞。異日圖將好景，歸去鳳池誇！」（望海潮）

「黃金榜上，偶失龍頭望。明代暫遺賢，如何向？未遂風雲便，爭不恣狂蕩？何須論得喪？才子詞人，自是白衣卿相。煙花巷陌，依舊丹青屏障。幸有意中人，堪尋訪。且恁偎紅倚翠，風流事，平生暢。青春都一餉，忍把浮名，換了淺斟低唱。」（鶴冲天）

望海潮係耆卿呈孫相何詞，（時孫帥錢塘）有「三秋桂子，十里荷香」之句。此詞流播，金主聞之，欣然起投鞭渡江之志。（見錢塘遺事）鶴冲天詞乃耆卿得罪仁宗的一首詞。這兩首詞，一首寫繁華的美景，一首寫浪漫的樂感，在宋詞裏面要算是最稀有的。范鎭嘗云：「仁宗四十二年大平，鎭在翰苑十餘載，不能出一語歌詠，乃於耆卿詞見之。」可知耆卿此種詞正是時代文學。

現在我們更看後人對於柳詞的批評怎樣：

黃叔暘云：「耆卿長於纖艷之詞，然多近俚俗。」

孫敦立云：「耆卿詞雖極工，然多雜以鄙語。」

劉濳夫云：「耆卿有教坊丁大使意。」

李端叔云：「耆卿詞舖敍展衍，備足無餘，較之花間所集，韻終不勝。」

周濟云：「北宋主樂章，情景但取當前，無窮高極深之趣。」又云「柳詞以平敍見長，或發端，或結尾，或換頭，以一二語句勒提，掇有千鈞之力。」又云「耆卿鋪敘委婉，言近意遠，森秀幽淡之趣在骨。」

項平齋云：「杜詩柳詞，皆無表德，只是實說。」

陳質齋云：「柳詞格不高，而音律諧婉，詞意妥帖，承平氣象，形容曲盡。尤工於羇旅行役。」

宋翔鳳云：「柳詞曲折委婉，而中具渾論之氣，雖多俚語，而高處足冠羣流，倚聲家當尸而祝之。如竹垞所錄，皆精金碎玉，以屯田一生精力在是，不似東坡輩以餘事爲之也。」

已上抄了八條評論，由前面三說「近俚俗」，「雜鄙語」，這不但無損於耆卿的詞，反正是耆卿詞的優點。現歸納上項評論，參以己見，得一最後的柳詞評論。

「柳耆卿是一個詞人——只是一個詞人——他的詞完全是自己身世的表白。從藝術的立足點看，耆卿能够運用白話的描寫，把很普遍的意境和想像，舖張地表現出來，而鎔化情感於景物之中。雖然沒有什麽新的創意，格調也不高，但形容曲致，音律諧婉，工於羇旅行役，能够表現苦悶的情調，這便是柳詞的成功。」

述詞人柳永，旣覺未免疎略，但也是沒法。柳耆卿雖爲一代的大詞家，但當時的人，很瞧不起詞，說是小技，若是只以詞名世，做一個光棍詞人，更難得世人的激賞。所以耆卿的生平，宋史文苑傳居然無載，作品也散佚不堪！呵呵，我們能不爲這位大詞人抱寃呼屈嗎？

三　晏殊晏幾道的小詞

在上篇我們說過北宋的小詞，承接五代的緒餘而發達，臻於極盛的境界。現在我們講到北宋小詞的宗家，晏氏父子——晏殊與晏幾道。

北宋詞人，大抵以長詞著。至柳耆卿、蘇東坡、周邦彥，或以「鋪敍」見稱；或以「豪放」擅名；大都在長詞裏面表現他們的特色。至於小詞的創作，只有晏氏父子、歐陽修氏、李易安幾個人有很好的產品。所以當敍述晏氏的詞，很覺稀罕呢！二晏詞集裏面，原也未嘗沒有長詞，但很少而且沒有什麽價值。所以我們的敍述，只限於他倆的小詞一方面。

晏殊字同叔。（謚元獻）江西撫州臨川人。（公元九九一年——公元一〇五五年）統計他的生平，不能說他是一個文學家，他是一個政客。不過他青年時才名很大，他所以取得政治上的地位，也就是因他的文才，爲進身之階。宋書晏殊列傳云：

「殊七歲能文。景德初以神童薦，召與進士千餘人並試庭中，殊神氣不懾，援筆立成。帝嘉賞，賜進士出身。……」

同叔年少才華，早年顯達，受人主的特遇，歷居顯宦要職，官拜集賢殿學士同中書門下平章事兼樞密使。這比起坎坷潦倒，屢遭罷斥的柳耆卿，眞有幸有不幸呢！宋書本傳又有一段記錄晏殊之爲人及造詣：

「殊平居好賢，當時知名之士，如范仲淹、孔道輔皆出其門。……殊性剛簡，奉養淸儉。文章贍麗，應用不窮。尤工詩。閑雅有情意。晚歲篤學不倦。」

可見同叔雖然在政治界很活動，依然書生本色。他著文集二百四十卷。又刪次陳以後名家述作，爲集選百卷。有臨川集、紫徽集。但這都不足以名同叔，能够代表同叔文學上的成就的，還是那些自由寫成的小詞——珠玉詞。

同叔的詞，從五代的小詞脫胎而來。尤其是馮延己，他受延己詞的影響最大。貢父詩話云：「元獻尤喜馮延己歌詞，其所自作，亦不減延己樂府。」但却不是模擬延己。同叔詞自有他的風格，與五代詞人作風，都不相同。因爲他的生活很豐滿，決不是柳耆卿那樣的淪落生涯，他的描寫是很優美的，很輕淡的，而不是壯美與深刻的。據同叔自己說，他不會作「拈絨伴伊坐」的詞。他的兒子晏叔原也替他父親吹嘘，「先君平日小詞雖多，未嘗作婦人語也。」但縱覽珠玉詞，很綺艷輕佻的作品很不少。可知同叔未嘗不作情語，未嘗不作婦人語，雖然父子都相隱晦。現舉幾首實地的詞例來：

「三月和風滿上林，牡丹妖艷值千金。惱人天氣又春陰！爲我轉回紅臉面，向誰分付紫台心？有情須殢酒杯深！」（浣溪紗）

「金風細細，葉葉梧桐墜。綠酒初嘗人易醉，一枕小窗濃睡。紫薇朱槿初殘，斜陽却照欄干。雙燕欲歸時

節，銀屏昨夜微寒。」（清平樂）

「碧海無波，瑤台有路，思量便合雙飛去。當時輕別意中人，山長水遠知何處？綺席凝塵，香閨掩霧，紅箋小字憑誰附？高樓目盡欲黃昏，梧桐葉上蕭蕭雨。」（踏莎行）

「檻菊愁煙蘭泣露，羅幕輕寒，燕子雙飛去。明月不諳離別苦，斜光到曉穿朱戶。昨夜西風凋碧樹，獨上高樹，望盡天涯路。欲寄彩鸞無尺素，山長水闊知何處？」（蝶戀花）

這些詞裏有情語，有婦人語。由這些詞看來，可以知道同叔的生活，是如何的優美有詩意？從詞中能够看出作者那種十分容雍閑雅的生活態度。雖然作者也不免追思過去，也感發愁懷，不免寫幾道感傷的小詞：

「淡淡梳粧薄薄衣，天仙模樣好容儀，舊歡前事入顰眉。閒役夢魂孤燭暗，恨無消息畫簾垂，且留雙淚說相思！」（浣溪紗）

「時光只解催人老，不信多情；長恨離亭，滴淚春衫酒易醒。梧桐昨夜西風急，淡月朧明；好夢頻驚，何處高樓雁一聲？」（採桑子）

這種「傷春、」「愁別」的情緒，是人生普遍的情感，藝術的根原，人人都會有的。同叔不過在富貴裏面，故意說幾句寒酸話，不是愁人旅客的自訴。而因他的生活安定豐滿之故，這點薄膜的愁緒的感覺，也是不容久佔於他的心靈的，很容易得着慰安。

「秋光向晚小閣初開讌。林葉殷紅猶未徧，雨後青苔滿院。蕭娘勸我金卮，殷勤更唱新詞。暮去早來即老，人生不飲何爲？」（清平樂）

「昨日探春消息湖上綠波平。無奈繞堤芳草，還向舊痕生。有酒且醉瑤珖，更何妨檀板新聲？誰教楊柳千絲，就中牽繫人情。」（相思兒令）

文學原是生活的表白，只要將生活表現得像眞，表現時加上一層藝術美化，就算好詞。然如晏同叔的詞，只安於自滿自足的生活的表白，實在缺乏生活之力。我們雖不主張文學篇篇是寫「悲觀，」篇篇寫「情緒，」同時也喜歡寫「樂觀」寫「希望」的作品；但是同叔這樣一味自滿足的表現，沒有內部生命的追求，好像描寫一塊死去的平面，沒有生活的動力了。

「綠樹鶯聲老，金井生秋早。不寒不暖裁衣按曲天時正好。況蘭堂逢著壽筵開，見爐香縹渺，組繡呈織巧，歌舞誇妍妙。玉酒頻傾，朱絃翠管移宮易調。獻金盃重疊祝長生，永逍遙奉道。」（連理枝）

「慶生辰，慶生辰是百千春開雅宴，畫堂高會有諸親。鈿函封大國玉色受絲綸。感皇恩，望九重天上拜堯雲。今朝祝壽祝壽數比松椿。斟美酒，至心如對月中人。一聲檀板動，一炷蕙香焚。禱仙眞，願年年今日喜長新。」（拂霓裳）

如此的詞，讀起來很覺酸腐。比較柳耆卿詞那種苦悶的纏綿，東坡詞那種高曠的情思，自不可同日語。卽比較他兒子幾道的詞，也是「老鳳不及雛鳳」呢！

往下講晏幾道的詞。

幾道字叔原，號小山，晏殊的第七子。他沒有晏殊那樣在政治上的耀顯，官只至監潁昌許田鎭。有小山詞一卷。

江西通誌載晏幾道，「能文章，善持論，尤工樂府。其小山詞淸壯頓挫，見者擊節，以爲有臨淄公風。」這裏說幾道有晏殊的風度。晏殊一代老臣，祿高位顯，世人崇拜他，遂並崇頌其詞。殊詞固有値得稱道之所，若專就詞論詞，則幾道的詞實高出其父一籌。不過幾道詞受殊詞的影響確實不小，只因二人的個性絕對不同，所以幾道的詞風與晏殊不是一樣的風格。

議到幾道詞，必先談到幾道的性格是怎樣。黃山谷序小山詞集，謂幾道有四癡。「仕宦連蹇，而不一傍貴人之門，是一癡也；論文自有體，不肯一作新進士語，此又一癡也；費資千百萬，家人飢寒，而面有孺子之色，此又一癡也；人百負之，絕不疑其欺己，此又一癡也。」

由此，我們可以知道幾道是一個孤潔耿介之士，同時又是一個抱着赤子之心的眞人。這已經具文學者的天性了，加上藝術的天才，表現的技巧，以成功他的詞。怪不得黃魯直要說：「叔原樂府，寓以詩人句法，精壯頓挫，能搖動人心。合者高唐洛神之流，下者不減桃葉、團扇」！呢且看他的詞：

「西樓月下當時見，淚粉偷勻，歌罷還顰，恨隔爐煙看未真。別來楊柳垂千縷，幾換青春，倦客紅塵，長記樓中粉淚人。」（採桑子）

「醉別西樓醒不記，春夢秋雲，聚散真容易。斜月半窗還少睡，畫屏閒展吳山翠。衣上酒痕詩裏字，點點行行，總是淒涼意。紅燭自憐無好計，夜寒空替人垂淚！」（蝶戀花）

「小綠間長紅，露蘂煙叢，花開花落昔年同。惟恨花前携手處，往事成空！山遠水重重，一笑難逢，已拚長在別離中。霜鬢知他從此去，幾度春風？」（浪淘沙）

「留人不住，醉解蘭舟去。一棹碧濤春水路，過盡曉鶯啼處。渡頭楊柳青青，枝枝葉葉離情。此後錦書休寄，畫樓雲雨無憑！」（清平樂）

「妝席相逢，旋勻紅淚歌金縷。意中曾許，欲共吹花去。長愛荷香，柳色殷橋路。留人住。淡煙微雨裏，好個雙棲處。」（點絳脣）

「身外閑愁空滿，眼中歡事常稀。明年應賦送君詩，細從今夜數，相會幾多時。淺酒欲邀誰勸？深情唯有君知！東溪春近好同歸，柳垂江上影，梅謝雪中枝。」（臨江仙）

「小令尊前見玉簫，銀燈一曲太妖嬈。歌中醉倒誰能恨？唱罷歸來酒未消。春悄悄，夜迢迢，碧雲天共楚

宮遙。夢魂慣得無拘檢，又踏楊花過謝橋。」（鷓鴣天）

這樣的表現，「夢魂慣得無拘檢，又踏楊花過謝橋；」「淡煙微雨裏，好個雙棲處；」可見幾道是如何浪漫的思想？幾道不比晏殊任大官職，爲社會觀瞻所繫，處處受拘束，不敢自由表現他的情緒之流。他只做過一任小官，在社會沒有什麼地位，在自由的藝園裏，可任意發抒他的思想和天才。所以我們現在讀了小山詞，很容易發現幾道的個性，有幾分兒癡顛。有人說「小山矜貴有餘」，此語實爲皮相。幾道實詞中之狂者也。

前人最欣賞小山詞者，有毛晉記錄的一段話：「諸名勝集，删選相半。獨小山集直逼花間，字字娉娉嫋嫋，如攬嬙施之袂，恨不能起蓮、鴻、蘋、雲，按紅牙板唱和一遍。……晏氏父子，具足追配李氏。」這簡直說幾道是有宋第一詞家了。此外對小山詞的評語，還有陳質齋謂「叔原在諸名勝集中，獨可追逼花間，高處或過之。」周濟謂「晏氏父子，仍步溫韋，小晏精力尤勝。」平心說吧，小山自是第一流的詞家，但比較李後主詞的深刻沈痛的描寫，實差一著。他受南唐二主、溫飛卿、韋端己及花間諸詞人的影響都不小，却決不是模仿他們。他不失自己的風格。故黃魯直云：「論文自有體，不肯一作新進士語。」晁无咎論「小山（歷來誤作元獻）不蹈襲人語，而風調閑雅。如『舞低楊柳樓心月，歌罷桃花扇底風』，知此人不住三家村也。」這是幾道不肯隨波逐流，模倣當時之體，故能高出，故能「追逼花間，高處或過之。」

我們給晏氏父子的詞一個最後的概評：

二晏的小詞，是繼承五代詞風的餘緒而延續發展。他們的小詞，也是從受五代詞的影響而產生的，所以體裁風格，處處都有相似的地方。不過因時代的變遷，個性的差別，天才的殊能，晏氏的小詞也不會與五代詞有同一的風格體裁。換言之，晏氏的詞，只是北宋人的詞，不是五代的詞。我們覺得在北宋詞人中，二晏的詞，有幾個特別點。第一，是詞句的優美。小詞本來很少豪放的，（也容許有例外，如吳彥高「南朝傷心千古事，」范仲淹的「塞下秋來風景異」均很有排宕勢）二晏之小詞，自然也是屬於婉約這一方面。但宋人詞中之美，多半由於粉飾雕琢而來。柳耆卿、周邦彥都不能免此，吳夢窗、張玉田尤甚。晏氏小詞，雖也不免用來雕琢，而好處却在詞句構成的自然的優美，讀了使人起一種溫婉膩細的感觸。小晏詞尤甚。第二是音節的美。本來凡是詞都與音韻有密接關係；不過長詞須用韻太多，不免做作硬湊，音節難於聯貫，小詞則容易表現自然的音節之美。尤其是我們讀了二晏詞以後，有這種感覺。如上面引晏殊的浣溪紗「三月和風滿上林，牡丹妖艷值千金，惱人天氣又春陰！爲我轉回紅臉面，向誰分付紫台心？有情須殢酒杯深」一詞；又如晏幾道的臨江仙：

「夢後樓台高鎖，酒醒簾幕低垂。去年春恨却來時，酒醒人獨立，微雨燕雙飛。記得小蘋初見，兩重心字羅衣。琵琶絃上說相思。當時明月在，曾照綵雲歸。」

音節和諧，有女性的聲調之美，就是不懂詞的人，也會感覺這種詞的好處吧。

右述晏氏的小詞竟。

四　張先的詞

北宋仁宗時有二張先，均字子野。一個博州人，一個烏程人。（或作湖州人）我們在這裏所要說的，是烏程張先，那是一個詞人。（這是很容易誤會的，如道山淸話竟以博州張先爲詞人張先。）

子野的生平，宋史無傳可考。惟據浙江通志云：「先年八十九卒。」又據蘇軾記遊松江云：「吾自杭移高密……張先皆從余過李公擇於湖……時子野年八十五……」又蘇軾勸上人詩集序云：「熙寧七年，余自外塘赴高密」可知熙寧七年，張先已八十五歲，再過四年，（八十九歲）先死之年是元豐元年，倒數上去八十九年，是淳化元年。於是可以斷定張先生於公元九九〇年，死於公元一〇七八年。

少年時的張子野，遊京師，晏元獻曾辟爲通判。又嘗知吳江縣，官至都官郎中。故有「桃李嫁東風郎中，」和「雲破月來花弄影郎中」之名。他又號張三影。（因他有「雲破月來花弄影，」「嬌柔嬾起簾壓捲花影，」「柳徑無人墜輕絮無影」三影字名句）李公擇守吳興時，嘗招子野等集於郡國，爲六客之會。晚年，乃優游鄉園，以放舟釣魚爲樂。享年在宋詞人中，子野要算最高。——這是子野身世的梗概。

先的詞，有安陸詞一卷。原來先不僅長於詞，也長於詩文。舊載稱先有文集百卷行世。蘇軾有題張子野詩集後曰：「子野詩筆老妙，歌詞乃其餘技耳！」葉夢得亦謂「俚俗多喜傳詠先樂府，遂掩其詩聲。」不過於今先的詩文完全散佚了，故我們於此只討論子野的歌詞。

子野所傳下的一卷安陸詞並不多，只有六十八首，今揀幾首抄錄來作例：

「溪山別意，烟樹去程，日落採蘋春晚。欲上征鞍，更掩翠簾回面相盼。惜彎彎淺黛長長眼，奈畫閣歡遊，也學狂花亂絮輕散。水影橫池館，對靜夜無人，月高雲遠。一餉凝思，兩眼淚痕還滿！難遣恨私書又逐東風斷，縱夢澤層樓萬尺，望湖城那見？」（卜算子慢）

「巴子城頭青草暮，巴山重疊相逢處。燕子占巢花脫樹，杯且舉，瞿塘水闊舟難渡。天外吳門清霅路，君家正在吳門住。贈我柳枝情幾許？春滿縷，爲君將入江南去。」（漁家傲）

「乍煖還輕冷，風雨晚來方定。庭軒寂寞近清明，殘花中酒，又是去年病。樓頭畫角風吹醒，入夜重門靜；那堪更被明月，隔牆送過秋千影！」（青門引）

「垂螺近額，走上紅裀初趁拍。只恐驚飛，擬倩游絲惹住伊。文鴛繡履，去似流風塵不起。舞徹梁州，頭上宮花顫未休。」（減字木蘭花贈伎）

「含羞整翠鬟，得意頻相顧。雁柱十三絃，一一春鶯語。嬌雲容易飛，夢斷知何處？深院鎖黃昏，陣陣芭蕉雨。」（生查子）

前人謂子野詩過其詞，我們不管子野的詩怎樣，他的詞實有他特別的情調和韻格。李端叔云「子野才不足而情有餘」晁無咎云「子野與耆卿齊名，而時以子野不及耆卿。然子野韻高，是耆卿所乏處。」論情調，子野不必優於耆卿；論韻格，則子野實比耆卿高。但子野詞有一個大缺點，在卻是缺乏表現的能力。所謂「才不足」，「偏才無大起落」卻是說他表現力的平常。即如他最有名的天仙子與碧牡丹詞：

「水調數聲持酒聽，午醉醒來愁未醒。送春春去幾時回？臨晚鏡，傷流景，往事悠悠空記省。沙上並禽池上瞑，雲破月來花弄影。重重翠幕密遮燈，風不定，人初靜，明日落紅應滿徑。」

「步障搖紅綺，曉月墮沉烟砌。緩板香檀，唱徹伊家新製。怨入眉頭，斂黛峯橫翠。芭蕉寒，雨聲碎。鏡華翳，閑照孤鸞戲。思量去時容易，鈿合瑤釵，至今冷落輕棄。望極藍橋，但暮雲千里，幾重山，幾重水。」

天仙子詞，「雲破月來花弄影」，是子野三影詞中生平最得意之作。碧牡丹一首，「幾重山，幾重水，」是曾經大感動晏文獻的。然亦不過如周密所評，「子野詞清出處，生脆處，味極雋永」成功警句而已。在北宋人詞中，論豪宕，子野不如東坡；論溫婉，子野不如易安；論鋪敍，子野又不如耆卿、美成；雖以韻格見稱，亦不足以名家。所以子野詞在當代雖負時譽，與耆卿齊名，終究是第二流的詞家。

五　六一居士的詞

歐陽修，字永叔，廬陵人。（生於公元一〇〇七年，卒於公元一〇七二年，享年六十六）官至樞密副使參知政事。以太子少師致仕。謚文忠。有六一居士詞三卷。(古虞毛晉併爲一卷。)

說到歐陽永叔，便不得不提到他在文學史上的地位來。永叔不是北宋第一位大古文家嗎？永叔不是主張文學復古的健將嗎？從他的文集和他著的詩本誼看來，知道他對於詩三百篇的「溫柔敦厚」很有發揮；從他的六一詩話和他創作的詩集看來，知道他很攻擊艷體的西崑而倡導盛唐。蘇軾敍其文曰：「論道似韓愈，論事似陸贄，記事似司馬，詩賦似李白。」簡而言之，歐陽修是一個主「復古」的，是一個主「文以載道」的正統派的古文家。誰知道他會作艷靡的小詞呢？從來沒有人稱道過他的詞，更沒有人說他是偉大的詞人了，除了藝苑巵言說過一句，「永叔詞勝其詩」外。

因爲永叔是一位嚴正的古文家，所以後人都不相信他會作浮艷的小詞，而疑是他人僞作的。曾慥樂府雅詞序云：「歐公一代儒宗，風流自命，詞章窈渺，世所矜式。乃小人或作艷語，謬爲公詞。」陳質齋云：「歐陽公詞，多與花間陽春相混，亦有鄙褻之語厠其中，當是仇人無名子所爲也。」蔡絛云：「今詞之淺近者，前輩多謂是劉煇僞作。」羅長源云：「今柳三變詞亦有雜之平山集中，則其浮艷者殆亦非皆公少作也。」從這幾段話看來，至多我們承認六一詞已雜入他人之作，不是定本了，却決不能說凡浮艷之詞，都不是永叔作的。如羅長源之言：「浮艷者殆亦非皆公少作，」則亦承認永叔有艷詞了。後人總不敢說永叔有艷詞，恐怕打破他那儒教信仰的尊嚴。其實這是顯然的：永叔在社會方面，在學術方面，爲自己的名計，自然提倡「

文以載道」的文，以號召一切。若爲呼訴自己的心聲，爲表白自己的情緒，自然要借重詞借重當時看作玩意兒的詞，抒寫出來。試看朱熹是何等的道學先生，他作起詞來，也慣作情語。何況永叔是文學家，更何況永叔是有些浪漫性的文學家，（從醉翁亭記即可看出一些來）怎的不會把自己的情緒發抒出來呢？我們不必那樣愚爲要保存永叔那假儒宗的莊嚴，不惜犧牲極好的作品而不去欣賞，硬說他人僞作的。現在我們正要欣賞永叔這些絕妙好詞。

「輕舟短棹西湖好，淥水逶迤，芳草長堤，隱隱笙歌處處隨。無風水面琉璃滑，不覺船移，微動漣漪，驚起沙禽掠岸飛」。（採桑子）

「羣芳過後西湖好，狼藉殘紅，飛絮濛濛，垂柳闌干盡日風。笙歌散盡遊人去，始覺春空，垂下簾櫳，雙燕歸來細雨中」。（採桑子）

「清晨簾幕卷輕霜，呵手試梅粧，都緣自有離恨，故畫作遠山長。思往事，惜流光，易成傷；未歌先斂，欲笑還顰，最斷人腸！」（訴衷情）

永叔詞常寓情於景，往往不說情而景中自有情。在踏莎行和蝶戀花兩首詞內表現得更顯明：

「候館梅殘，溪橋柳細，草薰風暖搖征轡。離愁漸遠漸無窮，迢迢不斷如春水。寸寸柔腸，盈盈粉淚，樓高莫近危欄倚。平蕪盡處是春山，行人更在春山外。」

「庭院深深深幾許？楊柳堆煙，簾幕無重數。玉勒雕鞍遊冶處，樓高不見章台路。雨横風狂三月暮，門掩黄昏，無計留春住。淚眼問花花不語，亂紅飛過秋千去。」

這是描寫殘春的景象，簡直是情景融一，分不出那是情那是景了。原來是寫情化的景界，自然由景裏迸發出情來，融成一片。永叔寫景之妙往往能够一字道着，看他的浣溪紗：

「堤上遊人逐畫船，拍堤春水四垂天，綠楊樓外出鞦韆。白髮戴花君莫笑，六么摧拍盞頻傳，人生何處似尊前？」

晁无咎云：「只一出字自是後人道不到。」在六一詞集裏面，寫景的詞也很不少，如漁家傲有十二首，卽是描寫自一月至十二月的時令景色的詞，詞長不具錄。現且錄他一首詠春草的少年遊詞：

「闌干十二獨憑春，晴碧遠連雲。千里萬里，二月三月，行色苦愁人。謝家池上，江淹浦畔，吟魄與離魂。那堪疎雨滴黄昏，更特地憶王孫！」

吳曾評此詞云：「不惟君復、聖俞二詞不及，雖求諸唐人溫李集中，殆與之爲一矣。」此外詠物詞有蝶戀花詠採蓮，望江南和玉樓春都是詠蝶的。

「越女採蓮秋水畔，窄袖輕羅，暗露雙金釧。照影摘花花似面，芳心只共絲爭亂。鸂鶒灘頭風浪晚，霧重煙輕，不見來時伴。隱隱歌聲歸棹遠，離愁引著江南岸！」

「江南蝶，斜日一雙雙。身似何郎全傅粉，心如韓壽愛偸香。天賦與輕狂。微雨後，薄翅膩煙光。纔伴遊蜂來小院，又隨飛絮過東牆。長是爲花忙！」

「南園粉蝶能無數，度翠穿紅來復去。倡條冶葉恣留連，飄蕩輕於花上絮。朱闌夜夜風兼露，宿粉棲香無定所。多情翻似却無情，贏得百花無限妬！」（玉樓春）

古人詠物，最愛用事，所以描寫得再好，終覺隔一層。這幾首詞的好處，却在白描。再看永叔的抒情小詞。說到永叔的抒情詞，我們更加起勁了。

「何處笛？深夜夢回情脈脈，竹風簷雨寒窗隔。離人幾歲無消息，今頭白，不眠特地重相憶！」（歸國謠）

「春豔豔，江上晚山三四點，柳絲如剪花如染。香閨寂寂門半掩，愁眉斂，淚珠滴破胭脂臉。」（同上）

「蘋滿溪，柳遶堤，相送行人溪水西。回時隴月低。煙霏霏，風淒淒，重倚朱門聽馬嘶。寒鷗相對飛。」（長相思）

「花似伊，柳似伊，花柳青春人別離。低頭雙淚垂。長江東，長江西，兩岸鴛鴦兩處飛。相逢知幾時！」（同上）

「深花枝，淺花枝，深淺花枝相並時。花枝難似伊！玉如肌，柳如眉，愛着鵝黃金縷衣。啼粧更爲誰？」（同上）

「尊前擬把歸期說，未語春容先慘咽。人生自是有情癡，此恨不關風與月。離歌且莫翻新闋，一曲能教腸寸結。直須看盡洛城花，始共東風容易別。」（玉樓春）

這樣的寫相思，這樣的寫別離，用白話來白描，在詞裏要算最高的藝術了。我們讀了只覺得風韻中有婉約之意，豪放中有沈着之致，境界甚高，並不覺得涉於纖艷，其給後人以反感的，大概是因六一詞裏面有「輕無管繫狂無數，水畔飛花風裏絮，算伊渾似薄情郎，去便不來來便去；」（玉樓春）「好妓好歌喉，不醉難休！勸君滿滿酌金甌，縱使花前常病酒，也是風流；」（浪淘沙）和「去來窗下笑相扶，愛道畫眉深淺入時無？等間妨了繡工夫，笑問雙鴛鴦字怎生書？」（南歌子）之句。其實這些詞誠不免顯露些，却未嘗不是好詞。

此外在六一詞裏面我們更可以發現一首奇特的詞例。這首詞雖也免不了抒情的意味，却是敍事的體裁，我們儘可以說是一首敍事詞。這詞是重疊一個詞牌的幾首詞做成的。

牛郎與織女（漁家傲）

（一）

「喜鵲填河仙浪淺，雲軿早在星橋畔。街鼓黃昏霞尾暗，炎光斂，金鉤側倒天西面。一別經年今始見，新歡往恨知何限！天上佳期貪眷戀，良宵短，人間不合催銀箭。」

（二）

「乞巧樓頭雲慢卷，浮花催洗嚴妝面。花上蛛絲尋得遍，顰笑淺雙眸望月牽紅線。奕奕天河光不斷，有人還在長生殿。暗付金釵清夜半，千秋願年年此會長相見。」

（三）

「別恨長長歡計短，疎鐘促漏眞堪怨。此會此情都未半，星初轉，鸞琴鳳樂怱怱卷。河鼓無言西北盼，香娥有恨東南遠。脈脈橫波珠淚滿，歸心亂，離腸便逐星橋斷。」

這自然不算純正的敍事詩。不過在敍事詩貧乏的中國，敍事詩已不可多得，在詞裏面有這麼一首抒情的敍事詩，自然是可珍貴的。

現在我們可以給永叔詞告一結束了：

歐陽永叔的創作文學，用兩種形體的表現：一種是詩，一種是詞，永叔的詩，因爲太講究「復古」，太講究「詩話」「詩法」和拘束於詩的溫柔敦厚的緣故，處處妨礙他天才的發展，致不能够達到完全的表現。永叔的詞，則係當頑意兒做的，不必講什麼「復古」，也不必講什麼「詞法」，很自由地寫出來。且因在那時，詞號艷科，以描寫男女之情爲主，所以永叔不能在古文裏面寫出來的情緒，不能在詩裏面表達的情緒，可以儘量地在詞裏面裸現出來。我們讀了六一詞，很容易發現永叔的文學天才，可以發現永叔情感的奔迸，可以發現永叔的思想及其個性。」

六　東坡詞

蘇軾、（字子瞻，眉山人。生於公元一〇三六年，卒公元一一〇一年。）他在文學方面的造詣是多方面的。他的散文照耀今古，與韓昌黎媲美；他的詩，雖不必能趕上盛唐，然在有宋一代，總算蔚然大家，後無來者；至於詞，這似乎是東坡的末技了。東坡並不以詞名；後人研究東坡文學的，也只研究研究他的詩文，既經認爲末技的詞，並沒有人去怎樣注意。然而老實說吧，東坡在詩歌上的成就，還遠不如他的詞的成就大些。他的詩在詩史上不算最好的作家；而他的詞，則佔在詞史的特殊位置。與其我們說東坡是詩人，不如說是詞人。在這一點，藝苑卮言上面的話已經先獲我心了。

東坡的詞，後人批評的論調很不一致。而因爲詞派上的分正統與別派的觀念，對於蘇詞遂發生種種不正確的批評。四庫提要云：「詞自晚唐、五代以來，以清切婉麗爲宗。……至軾而一變，如詩家之有韓愈，遂開南宋辛棄疾等一派。尋源溯流，不能不謂之別調；然謂之不工則不可。」這種批評，僅說到蘇詞係「別調，」並沒有如何攻擊。蘇詞若袁綯所說，「學士詞須銅將軍鐵棹板唱大江東去，」則譏其詞不如柳耆卿，蔡伯世云：「子瞻辭勝乎情，……辭情相稱者唯少游而已。」又譏其詞不如秦淮海。至於陳无己云：「子瞻以詩爲詞，如教坊雷太使之舞，雖極天下之工，要非本色。」這更顯然拿詞派來排斥蘇詞了。可是雖則儘力排斥蘇詞，實際上却已經承認蘇詞是「謂不工則不可，」「極天下之工，」可見這種種評論，都是爲詞派的觀念所囿着。我們現在既否認傳統的狹義的什麽正統詞派的存在，那末這樣的批評却也不攻自破了。對於蘇詞還有一種的誤解。李易安詞論云：「蘇子瞻學際天人作爲小歌辭直如酌蠡水於大海然皆句讀不葺之詩爾；又往往不協預律者何耶？……」世人多以「不協音律」爲蘇詞病，實在蘇詞誠如晁无咎所言：「居士詞，人謂多不諧音律，然橫放傑出，自是曲子中縛不住者。」陸放翁更說得好：「晁以道謂『紹聖初與東坡別於汴上，東坡酒酣自歌古陽關。』則公非不能歌，但豪放不喜裁剪以就聲律耳。」這麽看來，我們不但不能責蘇詞「不協音律」，反而應該稱道他能爲完成文學的內容而割愛音律。

辨明了對於蘇詞的兩種謬解，往下更要談到蘇軾在詞史上的建設事業。那末我們不得不承認蘇詞的偉大了。在蘇軾以前的詞，只講究艷靡，詞以婉約爲宗，描寫是很狹義的，局面毫無發展，故有「詞爲艷科」之目。到了蘇軾才首先打破「詞爲艷科」之名，擴張詞的狹義描寫，擴充詞的局面，他的詞體不限於婉約艷靡，很豪放恣肆，有排宕之勢；他的詞的內容，不拘於「閨怨」「離恨」之情，而抒寫壯烈的懷抱；他的描寫不只在鍊些優美的婉約的詞句，而以「詩句」入詞，以「賦句」入詞，甚至以「文句」入詞。這種種改革，總而言之，是詞體的大解放。我們卽不必論蘇詞本位的價值如何，單說「詞體之得解放」一方面講，蘇軾爲詞壇新闢無限的殖民地，得以自由去發展開闢，其革新之功已昭然暄赫於詞史上了，胡致堂評蘇詞云：「眉山蘇氏一洗綺羅香澤之態，擺脫綢繆宛轉之度，使人登高望遠，舉首高歌，而逸懷浩氣，超乎塵垢之外，於是花間爲皂隸，而耆卿爲輿台矣。」這是一個很忠實的批評。

王阮亭說：「山谷云『東坡書挾海上風濤之氣，』讀坡詞當作如是觀。瑣瑣與柳七較錙銖，無乃爲髯公所笑。」實在的，東坡詞氣象宏闊，我們不應該以讀舊詞的眼光來讀蘇詞，應該換一付「壯觀」的眼目，來欣賞蘇詞。他的詞除「大江東去」和「明月幾時有」二首引在上篇外，現從東坡詞裏面選抄幾首詞在下面：

「憑空眺遠，見長空萬里，雲無留迹。桂魄飛來光射處，冷浸一天秋碧。玉宇瓊樓，乘鸞來去，人在清涼國。江山如畫，望中煙樹歷歷。我醉拍手狂歌，舉杯邀月，對影成三客。起舞徘徊風露下，今夕不知何夕？便欲乘風，翩然歸去，何用騎鵬翼。水晶宮裏，一聲吹斷橫笛。」（念奴嬌中秋）

「蝸角虛名，蠅頭微利，算來著甚乾忙？事皆前定，誰弱又誰強？且趁閒身未老，儘放我些子疎狂。百年裏，渾教是醉，三萬六千場。思量能幾許？憂愁風雨，一半相妨。又何須抵死說短論長。幸對清風皓月，苔茵展，雲幕高張。江南好，千鍾美酒，一曲滿庭芳。」（滿庭芳）

這首滿庭芳詞，可說是東坡生活態度之自白。像這種排宕的長詞，大都是東坡自己的「懷抱」的抒寫。其寫纏綿依戀之情的長詞，在蘇氏集中殊不多覯，但因此而說東坡不能作情語，這就大錯了。張叔夏說：「東坡詞清麗舒徐處，高出人表，周秦諸人所不能到。」周保緒說：「人賞東坡麤豪，吾賞東坡韶秀。韶秀是東坡佳處，麤豪則病也。」且看他的詞：

「乳燕飛華屋，悄無人桐陰轉午。晚涼新浴，手弄生綃白團扇，扇手一時似玉。漸困倚孤眠清熟，簾外誰來推繡戶？枉教人夢斷瑤台曲，又却是風敲竹！石榴半吐紅巾蹙，待浮花浪蕊都盡，伴君幽獨。穠艷一枝，細看取芳意千重似束。又恐被西風驚綠，若待得君來向此花前，對酒不忍觸。共粉淚兩簌簌。」

「冰肌玉骨，自清涼無汗。水殿風來暗香滿，繡簾開，一點明月窺人，人未寢，攲枕釵橫鬢亂。起來攜素手，庭戶無聲，時見疏星渡河漢。試問夜何其？夜已三更，金波淡，玉繩低轉。但屈指西風幾時來，又不道流年暗中偷換！」（洞仙歌）

「似花還似非花，也無人惜從教墜。拋家傍路，思量却似無情有思。縈損柔腸，困酣嬌眼，欲開還閉。夢隨風萬里，尋郎去處，又還被鶯呼起。不恨此花飛盡，恨西園落紅難綴。曉來雨過，遺蹤何在？一池萍碎。春色三分，二分塵土，一分流水。細看來，不是楊花，點點是離人淚。」（水龍吟）

誰說東坡不能作情語呢？王士禎說：「枝上柳綿，恐屯田緣情綺靡，未必能過。孰謂坡但解作『大江東去』耶？」（引見下蝶戀花）以上是東坡的長詞。東坡的小詞也有很好的。樓敬思說：「東坡老人，故自靈氣仙才，所作小詞，衝口而出，無窮清新。不獨寓以詩人句法，能一洗綺羅香澤之態也。」

「花褪殘紅青杏小，燕子飛時，綠水人家繞。枝上柳綿吹又少，天涯何處無芳草？架上鞦韆牆外道，牆外

行人，牆裏佳人笑。笑漸不聞聲漸杳，多情却被無情惱！」（蝶戀花）

「水是眼波橫，山是眉峯聚。欲問行人在那邊眉眼盈盈處。纔是送春歸，又送春歸去。若到江南趕上春，千萬和春住！」（卜算子）

「琵琶絕藝，年紀都來十二。擬弄么絃，未解將心指下傳。主人嗔小，欲向春風先醉倒。已屬君家，且更從容等待他。」（減字木蘭花贈小鬟琵琶）

「世事一場大夢，人生幾度秋涼夜來風雨已鳴廊，看取眉頭鬢上。酒賤常愁客少，月明多被雲妨。中秋誰與共孤光？把盞淒然北望。」（西江月）

「持杯遙勸天邊月，願月圓無缺。持杯更復勸花枝，且願花枝長在莫披離。持杯月下花前醉，休問榮枯事。此歡能有幾人知？對酒逢花不飲待何時？」（虞美人）

「記得畫屏初會遇，好夢驚回，望斷高唐路。燕子雙飛來又去，紗窗幾度春光暮。那日繡簾相見處，低眼佯行，笑整香雲縷。斂盡春山羞不語，人前深意難輕訴。」（蝶戀花）

「莫聽穿林打葉聲，何妨吟嘯且徐行。竹杖芒鞋輕勝馬，誰怕一簑煙雨任平生。料峭春風吹酒醒，微冷，山頭斜照却相迎。回首向來蕭瑟處，歸去也無風雨也無情。」（定風波）

「缺月掛疏桐，漏斷人初靜。時見幽人獨往來，縹渺孤鴻影。驚起却回頭，有恨無人省。揀盡寒枝不肯棲，

寂寞沙洲冷。」（卜算子悼溫超超）

「道字嬌訛苦未成，未應春閣夢多情。朝來何事綠鬟傾？綵索身輕長趁燕，紅窗睡重不聞鶯。困人天氣近清明。」（浣溪紗）

這種的小詞，詞筌謂：「如此風調，令十六七女郎歌之，豈在曉風殘月之下？」統言之，東坡的詞，有極豪爽的，有極溫婉的。因爲他的才氣大，所以在長詞裏面說來說去，奔蹤放肆，越剝越過裏，越翻越奇特，句有盡而意不窮。這一半是東坡天才的獨到處，一半也因爲東坡有豐滿的生活作描寫的背境。東坡足跡所至；他生於四川，長遊京都，而儋州、黃州、惠州、定州、徐州、密州、杭州……都是他曾經躑躅之所。有東坡這樣變遷不拘的生活，產生的文學也自然是活躍的。至拿東坡的小詞和長詞比較，則因東坡才氣發揚的緣故，長詞更適宜於他儘量的描寫，小詞往往不能束縛他，所謂「曲子中縛不住者」。末了，我且引陸放翁一段蘇詞的讀後感以作結束：

「試取東坡諸詞歌之，曲終覺天風海雨逼人。」

七　詞人秦觀

陳后山說：「今代詞手，惟秦七黃九而已。」在詞人濟濟之北宋，而后山獨推望秦黃，自非無端。實在說來，黃庭堅的詞還不如秦觀。彭羨門有言曰：「詞家每以秦七黃九並稱，其實黃不及秦遠甚，猶高（觀國）

之視史（邦卿），劉（過）之視辛（棄疾），雖齊名一時，而優劣自不可掩。」則可以想見秦觀在北宋詞人中之地位了！

秦觀字少游，一字太虛，揚州高郵人生於公元一〇四九年。因蘇軾薦，除秘書省正字，兼國史院編修官。後坐黨籍屢遭徙放，以公元一一〇一年，（或謂一一〇〇年）卒於古籐。觀少豪俊慷慨，溢於文詞，長於議論，文麗而思深。蘇軾以為有屈宋才，王安石亦謂清新似鮑謝。著有文集四十卷，淮海詞一卷。（據宋史文苑傳）

先講淮海詞的來源：我們知道少游為蘇門四學士之一。在四學士中，子瞻且尤善少游，稱為今之詞手。然而少游的詞，却迥然與東坡不同調。張綖云「少游多婉約，子瞻多豪放，當以婉約為主。」這是蘇秦的詞，顯然立於恰相矛盾的趨向。究竟少游詞是怎樣的來源呢？舉兩個例來說明：

(1)「秦少游自會稽入京見東坡。東坡曰：『不意別後公却學柳七作詞。』秦答曰：『某雖無學，亦不至是。』東坡曰：『「消魂當此際」，非柳七句法乎？』秦慚服。」（高齋詞話）

(2)梅聖俞蘇幕遮詞：「落盡梨花春事了，滿地斜陽，翠色和煙老。」劉融齋謂「少游一生似專學此種。」

平心而論，少游雖不必專學梅聖俞，而受耆卿詞的影響實不小。不過不自限於柳詞，而能自成風格，融數家於一體。所以蔡伯世云：「子瞻辭勝乎情，耆卿情勝乎辭；辭情相稱者，唯少游而已。」試讀他的詞：

「鸎嘴啄花紅溜，燕尾點波綠皺。指冷玉笙寒，吹徹小梅春透。依舊，依舊，人與綠楊俱瘦。」（憶仙姿）

「萋萋芳草憶王孫，柳外樓高空斷魂。杜宇聲聲不忍聞。欲黃昏，雨打梨花深閉門。」（憶王孫）

「纖雲弄巧，飛星傳恨，銀漢迢迢暗度。金風玉露一相逢，便勝却人間無數。柔情似水，佳期如夢，忍顧鵲橋歸路。兩情若是久長時，又豈在朝朝暮暮？」（鵲橋仙）

「菖蒲葉葉知多少，惟有個蜂兒妙。雨晴紅粉齊開了，露一點嬌黃小，早是被曉風力暴，更春共斜陽俱老。怎得香香深處，作個蜂兒抱！」（迎春樂）

「恨眉醉眼，甚輕輕覷着，神魂迷亂。常記那回，小曲闌干西畔，鬢雲鬆，羅襪剗。丁香笑吐嬌無限，語軟聲低，道我何曾慣？雲雨未諧，早被東風吹散。悶損人，天不管。」（河傳）

少游的詞，可以分為兩個時期。未遭流放以前和既遭流放以後，詞的情調完全不同。這幾首小詞雖不敢斷定牠的時期，却從詞裏面顯示一種浪漫的色彩，很綺麗，描寫也很精緻。如品令的後半闋，「每每秦樓相見，見了無限憐惜。人前强不欲相沾識，把不定臉兒赤」，描寫很生動。同時少游在長詞裏面却常常寫出無限的哀感：

「高城望斷塵如霧，不見連騣處。夕陽村外小灣頭，只有柳花無數送歸舟。瓊花玉樹頻相見，只恨離人

遠。欲將幽恨寄青樓，爭奈無情江水不西流。」（虞美人）

「山抹微雲，天連衰草，畫角聲斷譙門。暫停征棹，聊共引離樽。多少蓬萊舊事，空回首，煙靄紛紛。斜陽外，寒鴉萬點，流水遶孤村。消魂當此際，香囊暗解，羅帶輕分。漫贏得青樓薄倖名存。此去何時見也？襟袖上空染啼痕，傷情處，高城望斷，燈火已黃昏。」（滿庭芳）

原來秦少游也是一位天生的情癡，從他的不願舉進士看來，人間的功名富貴，於少游如浮雲，已無所爲戀了。但情感活潑的詩人，隨便一種境界都足以引起他的感傷。過活好的環境時已經是如此，何況經歷流放的孤苦生涯，怎麽不更要遞倍的苦悶而呼訴出來呢？

「西城楊柳弄春柔，動離憂，淚難收。猶記多情，曾爲繫歸舟。碧野朱橋當日事，人不見，水空流。韶華不爲少年留，恨悠悠，幾時休？飛絮落花時候，一登樓，便做春江都是淚，流不盡，許多愁。」（江城子）

「霧失樓台，月迷津渡，桃源望斷無尋處。可堪孤館閉春寒，杜鵑聲裏斜陽暮。驛寄梅花，魚傳尺素，砌成此恨無重數。郴江幸自遶郴山，爲誰流下瀟湘去？」（踏莎行柳州旅舍）

馮夢華宋六十一名家詞選序例謂：「淮海古之傷心人也，其淡語皆有味，淺語皆有致。」人間詞話云：「少游詞境最淒婉。至『可堪孤館閉春寒，杜鵑聲裏斜陽暮』，則變爲淒厲矣。」晉卿云：「少游正以平易近人，故用力者終不能到。」良卿云：「少游詞如花含苞，故不甚見其力量。其實後來作者，無不胚胎於此。」

這都是對於淮海詞很好的批評。但淮海詞亦自有其缺點在。關於淮海詞的缺點，我們最好引蘇子瞻的話來作批評。

(1)「淮海辭情兼勝，還在蘇黃之上。」這是少游的優點。然以氣格爲病，蘇子瞻嘗戲云：「『山抹微雲』秦學士，『露華倒影』柳屯田。」是情韻所長氣格所短。

(2)少游描寫有極能經濟的，如滿庭芳詞：「斜陽外，寒鴉萬點，流水遶孤村，」僅僅十二字，把一幅夕陽晚景，刻畫維肖，這不能不說是極經濟的描寫。但少游的描寫，也有極不經濟的，如：「東坡問別後作何詞？少游舉『小樓連苑橫空下窺繡轂雕鞍驟』東坡曰：『十三個字只說得一個人騎馬樓前過。』」(高齋詩話)這種累贅用事的無益描寫，在淮海詞裏面很容易發見。

右述淮海詞及其批評既竟，最後，我且引李清照的一段批評作爲結束：

「秦(少游)專主情致，少故實，譬諸貧家美女，非不妍麗，終乏富貴態耳。」

八　蘇門的詞人

——黃魯直、晁無咎、陳師道。

我們知道北宋初期的文學，雖有盛唐與西崑之爭，古文與時文之爭，但自歐蘇享盛名以後，佔了文壇的中樞勢力，這種門戶的黨見漸漸被消滅了。歐陽修的事業不專在文學，而蘇軾則隱隱成了文壇的中心。

如黃（庭堅）秦（觀）張（耒）晁（補之）號爲蘇門四學士；李之儀、陳師道、程垓或以才受知於蘇軾，或以詞得軾之激賞，雖然他們的詞，不一定是蘇軾一樣的風格情調總可人說是蘇門的詞人。

第一個我們要說的是黃庭堅：

庭堅字魯直號山谷老人，洪州分寧人。（公元一〇四五年——公元一一〇一年）官爲秘書丞。他生平在文學上的努力，成功於詩歌一方面世號蘇黃爲江西詩派之宗。他的詞也擬似他的詩。晁無咎謂「魯直自是著腔子唱好詩」譏其不是當行也。有山谷詞二卷。

自然山谷的詞，受蘇詞的影響不少。看他的念奴嬌：

「斷虹霽雨，淨秋空山染修眉新綠。桂影扶疏，誰便道今夕淸輝不及？萬里靑天，姮娥何處，駕此一輪玉。寒光零亂，爲人偏照醽醁。年少從我追遊，晚城幽徑，遶張園森木。共倒金荷，家萬里難得樽前相屬。老子平生，江南江北，最愛臨風笛。孫郎微笑，坐來聲噴霜竹。」

這種詞自是從蘇子瞻念奴嬌「大江東去」詞得來的，頗有豪放之致。陳后山則舉其「春未透，花枝瘦，正是愁時候」謂峭健非秦觀所能作。按此詞驀山溪調贈衡陽妓陳湘中句其詞如下：

「鴛鴦翡翠，小小思珍偶。眉黛斂秋波，儘湖南山明水秀。娉娉嫋嫋，恰近十三餘。春未透，花枝瘦，正是愁時候。尋芳載酒，肯落誰人後。只恐晚歸來，綠成陰靑梅如豆。心期得處，每自不由人。長亭柳，君知否？千里猶回首！」

這還不能算山谷的好詞。山谷詞的特點，是在描寫男女間的戀愛，就是俗所詬病他的喜爲淫豔之詞。

我們現在正要介紹山谷的豔詞：

「把我身心，爲伊煩惱，算天便知。恨一回相見，百回做計，未能偎倚，早覓東西。鏡裏拈花，水中捉月，覷着無由得近伊。憔悴鎮，花銷翠減，玉瘦香肌。奴兒又有行期，你去即無妨我共誰？向眼前常見，心猶未足，怎生禁得，眞個分離。地角天涯，我隨君去，掘井爲盟無改移。君須是，做些兒相度，莫待臨時。」（沁園春）

「對景還消瘦，被個人把人調戲，我也心兒有。憶我又喚我，見我，嗔我，天甚敎人怎生受？看承幸廝勾，又是樽前眉峯皺。是人驚怪，冤我忒撋就，拚了又捨了，一定是這回休了！及至相逢，又依舊。」（歸田樂引）

「不見片時霎，魂夢相隨着，因甚近新無據？誤竊香深約，思量模樣，憶憎兒惡，又怎生惡？終待共伊相見，與伴伴奚落。」（好事近）

山谷這些詞，完全引當時俚語白話入詞，大膽的描寫男女間裸赤的情愛，描寫的生動和精緻，這都是山谷豔詞的特色。論者每以猥褻爲山谷詞之病。法秀且謂其「以筆墨誨淫，於我法當墮犂舌地獄」。實則我們並不覺得山谷詞如何猥褻？也不覺得男女間火熱的愛不可以描寫出來？「淫豔」二字不足以爲山谷詞病。可是山谷詞却另有大可詬病的地方在：

山谷最愛集古詩，或括古詞以組成詞及新詞。如浣溪紗一例：

「新婦磯頭眉黛愁，女兒浦口眼波秋，驚魚錯認月沈鈎。青箬笠前無限事，綠簑衣底一時休，斜風細雨轉船頭。」

這還要算一首好詞。以水光山色替却玉肌花貌，眞有漁父家風。但自己旣沒有自創意境，只截取古人字句，卽算能藉以組合成一首好詞，也不能算是創作。何況山谷往往點金成鐵呢？如西江月「斷送一生唯有，破除萬事無過」從對仗方面看，誠引得很巧；若就文學論，這是很笨拙的句子。又如兩同心調裏的「你共人女邊著子，爭知我門裏挑心，」把好字寫爲「女邊著子，」把悶字拆成「門裏挑心，」這是猜字謎，那裏有什麽意思？山谷並且複用這兩句在他的幾首詞裏面，豈愛其造語之工耶？

晁補之、與黃魯直同時的詞人。字無咎、鉅野人。（公元一〇五三年—公元一一一〇年）官至著作郎，國史編修官。爲蘇門四學士之一。宋史文苑傳記其「才氣飄逸，嗜學不知倦，文章溫潤曲縟，其凌麗奇卓出乎天成。尤精楚詞，論集屈宋以來賦詠爲變離騷等三書」其詩文著爲雞肋集七十卷。有詞琴趣外篇六卷。補之雖屬蘇門，而他的詞却絕不與蘇軾同調。他所最服膺的詞人，一個是秦少游，他說「近世以來作家皆不及秦少游；」一個是柳耆卿，他說「耆卿詞不減唐人高處」他自己受秦柳的影響也很大。

「黯黯青山紅日暮，浩浩大江東注。餘霞散綺，回向煙波路。使人愁，長安遠，在何處？幾點漁燈小，迷近塢；

一片客帆，低傍前浦。暗想平生，自悔儒冠誤！覺阮途窮，歸心阻，斷魂縈目，一千里，傷平楚。怪竹枝歌，聲聲怨，爲誰苦？猿鳥一時啼，驚島喚獨暗不成眠，聽津鼓。」（惜奴嬌）

「謫宦江城無屋買，殘僧野寺相依。松間藥臼竹間衣，水窮行到處，雲起坐看時。一個幽禽緣底事？苦來醉耳邊啼。月斜西院愈聲悲，青山無限好，猶道不如歸。」（臨江仙信州作）

補之的生平，很有許多佳話。如生查子感舊詞，便是描寫他和一個貴族的女子戀愛，後來他自己的夫人知道了，逼他回去，過了十餘年重來訪時，已經是「一水是紅牆，有恨無由語」了。補之不比柳永一樣，他很不看重功名。他自悔「儒冠曾把身誤！弓刀千騎成何事？荒了邵平瓜圃。君試覷，滿青鏡，星星鬢影今如許，功名浪語，便做得班超封侯，萬里歸計恐遲暮！」（摸魚兒）補之完全是一個文學者的性格，他說功名事業不如花下罇前。八聲甘州的後半闋：「莫歎春光易老，算今年春老，還有明年。歎人生難得常好，是朱顏有隨軒金釵十二，爲醉嬌一曲踏珠筵。功名事，算如何此，花下罇前。」讀了這一段詞，便知道與柳永的「忍把浮名換了淺斟低唱」是一樣的意思。晁詞之受柳詞之影響，由此可見。

論者謂補之詞神姿高秀，與軾實可比肩。這種比例，甚不倫類。補之與東坡無論體裁風格，均相反趨。陳質齋謂「無咎詞佳者固未多遜秦七、黃九。」「無咎實少游之流也。」毛晉言：「無咎雖游戲小詞，不作綺豔語，」又非確論。不過無咎詞境頗高，如浣溪紗：

「江上秋風高怒號，江聲不斷雁嗷嗷，別魂迢遞爲君銷。一夜不眠孤客耳，耳邊愁聽雨蕭蕭。碧紗窗外有芭蕉。」

這一類的詞，眞有唐人詩境。

與黃魯直、晁補之同時的，又有陳師道。

陳師道，字無己，一字履常，號后山，彭城人。生於公元一千〇五十三年。得蘇軾薦，爲徐州敎授，歷秘書省正字。卒於公元一千一百〇一年。有后山詞二卷。爲蘇門詞人之一。但他的成功也和黃魯直一樣，在詩不在詞，與其說是詞人不如說是詩人。雖然他自己說，「他文未能及人，獨於詞不減秦七黃九。」這只是自矜之論。試舉他的幾首詞爲例：

「哀箏一弄湘江曲，聲聲寫盡湘波綠。纖指十三絃，細將幽恨傳。當筵秋水慢，玉柱斜飛雁。彈到斷腸時，春山眉黛低。」（菩薩蠻詠箏）

「晴野下田收，照影寒江落雁洲。禪榻茶爐深閉閤，颼颼，橫雨旁風不到頭。登覽却輕酬，剩作新詩報答秋。人意自闌花自好，休休，今日看時蝶也愁。」（南鄉子九日用東坡韻）

「娉娉嫋嫋，芍藥枝頭紅樣小。舞袖低迴，心到郎邊客已知。金尊玉酒，勸我花前千萬壽。莫莫休休，白髮簪花我自羞。」（減字木蘭花）

「藏藏摸摸，好事爭如莫。背後尋思渾是錯，猛與將來放著。吹花卷絮無蹤，晚粧知爲誰紅？夢斷陽台雲雨，世間不要春風。」（清平樂）

后山是一個怪癖的文人。當他創作時，惡聞人聲，貓犬皆逐去，嬰兒稚子，亦抱寄鄰家。每得句，卽急歸臥一榻，呻吟如病人，或竟累日不起，須俟詩成，始復常態。如此苦吟成詩，縱極工麗，實缺自然。這是后山詩詞的大缺點。后山詩在當代頗受知音，詞則無聞。或者后山因爲詩已有定論，故自抑其詩而揚其詞，以求世人之激賞耶？

九　北宋中世紀的五詞人

——程垓、毛滂、李之儀、謝逸、賀鑄——

我們爲什麽把這五位詞人聯在一塊兒敘述呢？原來他們都是北宋熙寧元祐間的詞人。他們在表面上好像都是蘇派的詞家，——如李之儀出於蘇門，毛滂以詞受知於蘇軾，程垓爲軾中表，——而實計上他們的作品，完全與蘇派不同。風格有的受柳耆卿的影響，如程垓；有的從唐人詩得來，如賀鑄；其餘的也很少受蘇軾的影響的。還有一點，則這五個作家都是詞人。——只是詞人——雖然尚書尤袤說，正伯（程垓）之文過其詞，雖然古人有說謝逸是詩家，這都是諱言其詞，因爲古人都覺得詞爲雕蟲小技，「惟以詞名家，豈不小哉！」其實這五位作家的成功皆在詞而不在詩。他們的詩在有宋一代還不能算數，他們的詞則已取得文學史上的地位。我們何妨說他們是詞人呢?

程垓與黃魯直賀方回同時，字正伯，眉山人，其詩文無可考，有書舟詞一卷。(古今詞話謂正伯號虛舟，故詞名虛舟詞。大誤。正伯家有擬舫名書舟，見集中望江南詞自註，故名書舟詞，非號虛舟也。)

正伯詞的來源，四庫提要謂其「與蘇軾爲中表，耳濡目染，有自來也。」這却不然。正伯號與蘇軾爲中表，他受蘇軾的影響遠不如受柳永的影響大。並非正伯看不起蘇詞，才氣不同，不能強也。楊愼詞品最稱其酷相思、四代好、折紅英數闋，謂秦七黃九莫及。且看其詞：

「翠幕東風早，蘭窗夢又被鶯聲驚覺。起來空對平階弱絮，滿庭芳草，厭厭未欣懷抱。記柳外人家，曾到畫欄，那更春好花好酒好人好。春好尙恐闌珊，花好又怕飄零難保；直饒酒好，酒未抵意中人好。相逢盡拚醉倒，況人與才情未老；又豈關春去春來，花愁花惱?」(四代好)

「月掛霜林寒欲墜，正門外催人起。奈離別如今眞個是!欲住也留無計，欲去也來無計。馬上離情衣上淚，各自供憔悴。問江路梅花開也未?春到也須頻寄，人到也須頻寄。」(酷相思)

「桃花煖，楊花亂，可憐朱戶春將半。長記憶，探芳日，笑凭郎肩，殢紅偎碧。惜惜惜。春宵短，離腸斷，淚痕長向東風滿。凭靑翼，問消息，花謝春歸幾時來得?憶憶憶!」(折紅英)

程正伯也是一個感傷的文藝家。書舟詞裏面，都半是傷春惜別之作。本來這種悲觀殉情的詞，在以前李後主柳永輩已有很多，而且有很好的作品。後人創作這一種的作品，每易落前人窠臼，難得特色。而在程正伯則不但不抄襲前人，並且有很多新意，有許多話寫用白話白描，不借重典故，所以寫來很自然有趣。如念奴嬌、詠秋夜、閨怨無悶、攤破江城子、生查子、長相思都是很好的作品。在鳳棲梧一首更可以看出正伯的生活來：

「薄薄窗油清似鏡，兩面疏簾，四壁文書靜。小篆焚香消日永，新來識得詞中性。人愛人嫌都莫問，絮自沾泥，不怕東風緊。只有詩狂消不盡，夜來題破窗花影。」

這種生活是正伯老年時的消沈了。他少年時原也很想做點事業的，他說：「劍在床頭書在几，未甘分付黃花淚，」「憂國丹心曾獨許，縱吐長虹，不奈斜陽暮？」（鳳棲梧）他原來是「老來方有思家淚。」（漁家傲）呢！

毛滂、元祐間知名之士。字澤民，衢州江山人。生於治平初年，卒於政和末年。官杭州法曹。文集久佚，有東堂詞一卷。（或作二卷）他的詩頗受東坡激賞，謂為「韶濩之音，追配騷文」不自惜分飛始受知於東坡也。但惜分飛却被公認為毛滂最好的一首詞。

「淚濕闌干花著露，愁到眉峯碧聚。此恨平分取，更無言語空相覷。斷雨殘雲無意緒，寂寞朝朝暮暮。今夜山深處，斷魂分付潮回去。」（題審陽僧舍作別語贈妓瓊芳）

陳質齋謂「澤民他詞雖工，未有能及此者。」四庫提要謂其雖由軾得名，實附京以得官，徒擅才華，本非端士。按蔡絛鐵圍山叢談載他的父親蔡京柄政時，毛滂有時名，獻十詞，甚偉麗，驟得進用。東堂詞中，恰合有大師生辰詞數首，當係為蔡京作。這是毛滂未免功名心重，不惜貶損文藝的尊嚴，拿來阿諛權臣，比起陶靖節不為五斗米折腰的高風來，早應愧死；但只就詞論詞，則毛滂的詞，實在當得起「情韻特勝」的讚語。

現在不妨再舉他幾首小詞：

「無力倚瑤瑟罷舞霓裳，今幾日？樓空雨小春寒逼，鈿暈羅衫煙色。簾前歸燕看人立，卻趁落花飛入。」

（調笑令詠眄眄）

「小雨初收蜨做團，和風輕拂燕泥乾，鞦韆院落落花寒。莫對清樽追往事，更催新火續餘歡，一春心緒倚闌干。」（浣溪紗）

「花好怕花老，暖日和風，將養到東君須顧長年少。圖不看花草草，西園一點紅猶小，早被蜂兒知道。」

（破子）

這種詞很優美，很有韻致。如臨江仙、驀山溪都是很好的小詞，可惜不能多舉例了。

李之儀、字端叔，滄州無棣人。元祐初為樞密院編修官。受知蘇軾於定州幕府。徽宗時，提舉河東常平。因代范忠宣草遺表得罪，編管太平州。居姑熟甚久。徙唐州，卒。入黨籍。自號姑熟居士，有姑熟詞一卷。端叔以工尺牘著稱，其詞在當代不甚有名。故黃昇輯花庵詞選也遺漏了他的作品。實則我們讀了姑熟詞以後，反覺得花庵詞選大不忠實於作者的選擇了。端叔實在是北宋一位可貴的詞人。

在端叔的姑熟詞裏面，長詞不多，他的小詞最工。四庫提要稱其：「小令尤清婉峭蒨，殆不減秦觀。」

「回首蕪城舊苑，還是翠深紅淺。春意已無多，斜日滿簾飛燕。不見，不見，門掩落花庭院。」（如夢令）

「蕭蕭風葉似與更聲接，欲寄明璫非為怯，夢斷蘭舟桂楫。學書只寫鴛鴦，却應無奈愁腸。安得一雙飛去，春風芳草池塘。」（清平樂）

「我住長江頭，君住長江尾。日日思君不見君，共飲長江水。此水幾時休？此恨何時已？只願君心似我心，定不負相思意。」（卜算子）

毛晉最賞識端叔的詞。他說端叔：「小令更長於淡語、景語、情語。如『鴛鴦半擁空床月』，又如『步嬾恰尋床，臥看遊絲到地長』；又如『時時浸手心頭熨，受盡無人知處涼』，即置之片玉、漱玉集中，莫能伯仲。至若『我住長江頭……』直是古樂府俊語矣。叔暘不列之南渡諸家，得毋遺珠之恨耶？」毛晉之言雖未必盡當，但由此可以知道端叔詞的價值了。

賀鑄，字方回，衛州人。（公元一〇六三年——公元一一二〇年。）元祐中，通判泗州，又倅太平州。後退居吳下，自號慶湖遺老。有東山寓聲樂府三卷。有人說「東山詩文皆高，不獨工於長短句。」但以詞為最工。他有一首最著名的青玉案詞：

「凌波不過橫塘路但目送芳塵去。錦瑟華年誰與度？月台花榭，綺窗朱戶，唯有春知處！碧雲冉冉衡皐暮，綵筆新題斷腸句。試問閑愁都幾許？一川煙草，滿城風絮，梅子黃時雨。」

這首詞士大夫皆服其工，稱他爲賀梅子。他的狀貌奇醜，又有賀鬼頭的綽號。我們對於方回詞，也更欣賞他的小詞，再舉他幾首詞例：

「小桃初謝，雙燕歸來也。記得年時寒食下，紫陌青門遊冶，楚城滿目春華，可堪遊子思家！惟有夜來歸夢，不知身在天涯。」（清平樂）

「曉朦朧，前溪百鳥啼匆匆；啼匆匆，凌波人去，拜月樓空。舊年今日東門東，鮮妝輝映桃花紅；桃花紅，吹開吹落，一任東風。」（憶秦娥）

「蘭芷滿汀洲，遊絲橫路，羅襪塵生步迴顧。整鬟顰黛，脈脈多情難訴。細風吹柳絮，人南渡，回首舊遊，山無重數。花底深朱戶，何處半黃梅子？向晚一簾疏雨，斷魂分付春歸去。」（感皇恩）

周濟對於賀詞的批評說：「方回鎔景入情，故穠麗。」張文潛更批評得好，他說：「方回樂府，妙絕一時。盛麗如遊金張之堂；妖冶如攬嬙施之袪；幽索如屈宋；悲壯如蘇李。」這種批評未免誇張過分。山谷詩云：「解道當年腸斷句，而今只有賀方回！」則方回爲當時所推重，未嘗無因也。

謝逸　字無逸，臨川人。他是一個沒有功名的文人。朱世英爲撫州，舉八行不就，閑居多從衲子遊，不喜對書生。他是一個詩人，又是詞人，但詞過其詩。山谷讀其詩云「使在館閣，當不減晁（補之）張（文潛）也」。漫叟題序其詞則謂「晁張又將避一舍矣」。著有春秋廣微，樵談，及溪堂集二十卷（已散佚）溪堂詞一卷。

謝逸有一首很著名的江神子與賀方回的青玉案一樣的有名，詞抄如下：

「杏花村館酒旗風，水溶溶，颺殘紅，野渡舟橫，楊柳綠陰濃。望斷江南山色遠，人不見，草連空，夕陽樓外晚煙籠，粉香融，淡眉峯，記得年時相見畫屏中。只有關山今夜月，千里外，素光同。」（詠春思）

這是無逸過黃州杏花館題於驛壁上的詞。過者必索筆於驛卒，驛卒苦之，以泥塗其詞。（據能改齋漫錄所載）這可想見其詞之見重於當時了。提要稱其「語意清麗，良非虛美」。此外無逸也有很好的小詞：

「拍岸蒲萄江水碧，柳帶挽歸艎。破悶琴風繞袖涼，蔌蔌楝花香。淡煙疎雨隨宜好，何處不瀟湘？願作雙飛老鳳凰，莫學野鴛鴦。」（武陵春）

「碧梧翠竹交加影，角簟紗幮冷。疎雲淡月媚橫塘，一陣荷花風起隔簾香。雁橫天末無消息，水闊吳山碧。剌桐花上蝶翩翩，唯有夜深清夢到郎邊。」（虞美人）

「香肩輕拍，尊前忍聽一聲將息。昨夜濃歡，今朝別酒，明日行客。後回來則須來，便去也如何去得？無限離情，無窮江水，無邊山色。」（柳梢青）

柳梢青要算是溪堂詞裏面一首最佳妙的白話詞。無逸的詞，有的很雅緻，白話詞很少。但如柳梢青這樣的作品，居然被刊落，至六十家詞本始補入，便可以想見無逸一定有好白話詞被删掉，而保留下來的刊本不足憑藉以概論作者了。

十　詞人周清眞

尹惟曉說：「前有清眞，後有夢窗。」陳郁藏一話腴說：「美成二百年來，以樂府獨步……」現在讓我們來敍述這位二百年來以樂府獨步的周清眞吧。

周邦彥字美成，清眞是他的號。他的生年卒月，史傳無載。我現在根據宋史文苑傳，處州府志，和玉清新照所載考證，知道周美成卒於宣和七年，倒數上去六十六年，（美成年六十六）可知他生於嘉祐五年。（公元一〇六〇年——公元一一二五年）

西子湖邊的錢塘，便是美成的生長地，他幼年受湖光山色的薰染，已經養成文學的個性了，文苑傳載「美成疎雋少檢，不爲州里所重，」可見他是一個浪漫性的少年文人，但他却在少年期間「博涉百家之書。」元豐初以大學生進汴都賦，神宗召爲大學正。此時美成年少，才華益肆力於詞。乃其後浮沈州縣三十餘年。（見揮麈餘話）過了半世流落不偶的生涯。可是他雖然流浪不偶，却受知遇於名妓，平生佳話極多，這是美成值得驕傲的生活。汴都名妓，都愛唱美成的詞。他與都中名妓曾有一段有趣味的故事，一天晚上，徽宗駕幸李師師家；周美成伏在師師的牀下聽着他們謔語，卽隱括成一首少年遊詞，頗猥褻，徽宗聞知大怒，立刻貶押美成出都門。李師師爲美成餞行，美成作了一首很哀痛的蘭陵王卽「柳煙直」詞，後來這首詞畢竟得到徽宗大大的感動，召還爲大晟樂正。美成做大晟樂正，不久便遷徙於處州死了。綜觀美成一生，並沒有什麽耀顯的功名，他只有文學上的成就——詞。他的詞集有三種刋本，一名清眞集，一名清眞長短句，一種是片玉詞，以片玉詞搜集的最豐富，現在往下介紹美成的詞。

先舉幾首詞作例子：

「佳麗地南朝盛事誰記？山圍故國遶清江，髻鬟對起，怒濤寂寞打孤城，風檣遙度天際。斷崖樹，猶倒倚，莫愁艇子曾繫。空遺舊迹，鬱蒼蒼霧沉半壘，夜深月過女牆來，賞心東望淮水。酒旗戲鼓甚處市？想依稀王謝鄰里，燕子不知何世，向尋常巷陌人家，相對如說興亡斜陽裏！」（西河）

「章台路，還見褪粉梅梢，試華桃樹。愔愔坊陌人家，定朝燕子歸來舊處。黯凝竚，因念個人癡小，乍窺門戶。侵晨淺約宮黃，障風映袖盈盈笑語。前度劉郎曾到，訪鄰里同時歌舞，唯有舊家秋娘聲價如故。吟牋賦筆猶記燕台句。知誰伴名園露飲，東城閒步，事與孤鴻去！探春盡是傷離意緒。官柳低金縷。歸騎晚，纖纖池塘飛雨，斷腸院落，一簾風絮。」（瑞龍吟）

北宋詞人的詞，有的很「雅緻」的，如晏同叔秦少游的詞；是有的很「俚俗」的，如柳耆卿，黃山谷之詞是到了周美成便冶雅俗於一爐了。沈伯時之言說：「凡作詞當以淸眞爲主蓋淸眞最爲知音，且無一點市井氣。」以上兩首他的雅詞的例子。這種詞用典用的很多用事也很巧妙偸用古人的辭句也用得自然不容易懂得眞不愧爲「雅」。再看他的俚語詞：

「幾日來眞個醉，不知道窗外亂紅已深半指花影被風搖碎。擁春酲乍起有個人人生得齊楚，來向耳邊問道今朝醒未？性情兒慢騰騰地惱得人又醉！」（紅窗迥）

「眉共春山爭秀可憐長皺莫將淸淚濕花枝恐花也如人瘦淸潤玉簫閑久，知音稀有。欲知日日倚欄愁但問取亭前柳！」（一落索）

陳郁道：「貴人學士市儂妓女皆知美成詞爲可愛，」大概美成的雅詞，最受貴人學士的歡迎；他的俚詞，則是市儂妓女所歡迎了。現在不必再事徵引美成的詞，且看古人對於美成詞怎樣批評：

（一）善於鋪敍　强煥說：「美成詞撫寫物態曲盡其妙；」周介存說：「鉤勒之妙無如淸眞。他人一鉤勒便薄淸眞愈鉤勒愈渾厚；」陳質齋云：「美成長調尤善鋪敍富豔精工……」因爲要鋪敍所以須用長詞。要在長調裏面「撫寫物態曲盡其妙，」除了用白描以外自然是要用事了。美成的鋪敍却是在用事上努力，如瑞龍吟蘭陵王西河六醜這些的調子長，都是幾乎全篇用事因此後人稱美成：「大抵詞人用事圓轉，不用深泥出處其紐合之工出於一時自然之趣。」（野客叢書）

(二)善融化詩句：劉潛夫說：「美成頗偷古句；」陳質齋說：「美成多用唐人詩隱括入律，混然天成；」張叔夏說「美成詞渾厚善於融化詩句」。本來「偷古句」的，和「用唐人詩入律」的，宋代的大詞人都所不免，何止美成一人不過美成「多用」唐人詩隱括入律，便得着善於融化詩句的稱譽。

(三)音律嚴整：因爲美成懂音律，故徽宗提舉爲大晟樂府。宋史文苑傳云：「邦彥好音樂，能自度曲，製樂府長短句詞韻清蔚傳於世。」又四庫提要云：「邦彥本通音律，下字用韻皆有法度，故方千里和詞，一一案譜塡腔，不敢稍失尺寸。」可見美成詞音律的嚴整。

這三點評論，都是對於美成很好意的批評。據我們看來，除了第三點「音律嚴整」可以不加討論，至於一二兩點：說美成善於融化詩句吧，自然是對的。但是善於融化詩句，不必就是美成詞的好處，不過在詞裏面削減幾分創造性，增加幾許古典氣。至說美成善於舖敍吧，也不過是因爲用事的巧妙，那末我們最好拿柳耆卿來作比喩。耆卿與美成都是以善於舖敍著稱的，但柳的舖敍，多用白描，詞裏面能够表現一種苦悶的情調出來；周之舖敍，則多用事，詞裏面古典的堆砌，割裂了詞描寫的生命。這是就舖敍方面論，美成的才氣沒有柳耆卿的才氣來得大些。

現在再講美成詞的影響：

周介存論詞雜著之言曰：「美成思力，獨絕千古。如顏平原書，雖未臻兩晉，而唐初之法至此大備。後有作者，莫能出其範圍矣。」一般的說法，都以周美成詞為集北宋的大成，為南宋的宗法；此可見美成詞影響之大。可以分兩點來說：

（一）模擬　沈伯時說：「作詞當以清眞為主，下字運意，皆有法度；」所以後來作者皆以清眞詞為模擬的對象，極力模擬。即南宋的大詞人如姜白石，吳夢窗，史邦卿，王沂孫……沒有不多少受一點清眞詞的影響。其餘小作家則往往鑽入清眞詞裏面去翻不動身了。

（二）唱和　沈偶僧說：「邦彥提舉大晟樂府，每製一詞，名流輒為賡和。東楚方千里，樂安楊澤民，全和之。」我們試讀和清眞詞，看他們一步一趨的擬和，簡直以清眞集當他們詞的經典。

在有宋發生影響最大的周清眞，後人憑藉各人的主觀，對於周詞的批論，形成了幾種對峙的見解：有的說：「周清眞詞有柳欹花嚲之致，沁人肌骨，視淮海不徒娣姒而已，」（賀黃公語）有的說：「美成深遠之致不及秦歐；」有的說：「詞之雅鄭，在神不在貌；少游雖作豔語，終有品格；方之美成，便有淑女與娼妓之別；」（人間詞話）有的說：「美成詞如十三女子，玉豔珠鮮，未可以其軟媚而少之。」（彭羨門語）評論紛紜，毀譽不一，平心而論，美成「言情體物，窮極工巧，故不失為一流之作者」這最好作美成的總讚。

十一　李清照評傳（附錄朱淑貞）

（一）

因爲中國文學史最缺乏女性文學的創作，這位稀罕的女詞人李清照，便成了我們極珍貴的敍述了。雖然我們歷史上也有幾位女作家，如漢之蔡琰，唐之薛濤，都在文學史上斐然有名的。但是蔡琰只有一首有名的悲憤詩，作品極少，未能樹立一個作家的完整作風；薛濤的詩歌，是能夠裝成卷帙了，而拿她的詩擬之於曹植，陶潛，李白，決不能夠在平行的行列，而相差很遠。只有這位女詞人李清照，在宋代，雖則詞人濟濟的宋代，而她的作品，雖擬之於極負詞名的辛棄疾，蘇東坡，也決不多讓。有人稱清照詞爲婉約之宗，更有人說李清照是北宋第一大詞人，依我看來，這都不是過譽的批評。我們知道清照的成就，雖僅及於詞的一方面，而她在文學史上的地位，已經與偉大的騷人屈原，詩人陶潛，杜甫，並垂不朽了。她不僅在女性裏面是第一大作家，她的文名與作品，已經與世界永存了。她的創作集漱玉詞，不過二十餘首——原刊本有六卷——却都是精金粹玉之作。

（二）

易安居士李清照，宋濟南人。他的父親李格非，官禮部員外郎，母親是王狀元拱辰的孫女，皆工文章，有很好的文名的。易安以公元一〇八二年，（神宗元豐五年）生於歷城西南之柳絮泉上，既得生於貴族的家庭，又有工文的父母，憑藉遺傳上禀賦的靈感，幼年卽受她父母家庭教育的修養和薰陶；天才傾向文藝的李易安女史，此際卽已深深種下文藝的創造慧根了。

時光流駛，易安已經由天眞的垂髫女孩變爲盈盈的少女。當她十八歲的那年，便脫離了她的處女時代，而和諸城趙挺之（官吏部侍郎）的兒子趙明誠結婚，這是她一生生活最美滿的時代，由她的詞「絳綃薄，冰肌瑩，雪膩酥香，笑語檀郎，今夜紗幮枕簟涼，」（採桑子）「繡幕芙蓉一笑開，斜偎寶鴨依香腮，眼波才動被人猜，」（浣溪紗）「怕郎猜道，奴面不如花面好，雲鬢斜簪，徒要敎郎比並看，」（減字木蘭花）這樣的描寫，總算能够深深烘托出少女的情致和心緒；這樣的生活，總算是人生最美滿的了。因爲她的丈夫明誠是一個大學生，新婚未久，明誠遽爾出遊，這自然是極難割捨的分別，易安有一首極有名的寄明誠的相思詞：「花自飄零水自流，一種相思，兩處閑愁；此情無計可消除，才下眉頭，却上心頭。」（一剪梅）便是這時做的。

在結褵後的二年，明誠已經出仕。他的父親挺之，亦升擢宰相。這時，他在館閣的親舊多藏有亡詩逸史及古今名人的書畫三代的古器；明誠夫婦雖爲宦族，然素來貧儉，故常典質衣物來購碑文書帖。夫婦相對展玩，她們自謂是「葛天氏之民」。記得有一次有人拿着徐熙畫的牡丹圖，要賣錢二十萬，她們已經承受了，但因爲沒有錢只好退回去。爲了這件事，曾經夫婦相對數日的惆悵，可見她倆嗜古之深呢！

此後明誠屏居鄉里十年，家計已經不比從前的清貧了。後官居青州，萊州，也是政簡事閒，這時她們便開始金石錄考證的工作。書籍的校勘籤題，彝鼎劃帖之摩玩舒卷，明誠得易安的幫助最多。而易安之博聞強記，更是使明誠傾倒。

青春的年華，是這般容易消逝的；甜蜜的生涯，已成為過往的迴憶了。當易安四十六歲的那年，明誠為他的母喪，奔喪到金陵，易安很悽苦的度她孤寂的生活，金人之陷青州，又把她們十餘屋極珍重的心血的藏書燒掉了，使她只有苦笑。而生父之遭罷免，更是使她悲憤無涯。她的詩有「何況人間父子情」的熱淚。一方神馳於明誠，一方又眷懷乎故鄉，她有一首春殘詩，就是抒寫鄉愁的。

「春殘何事苦思鄉，病裏梳妝恨髮長，梁燕語多終日在，薔薇風細一簾香。」

後來易安南渡之後，更懷戀北都了。她的元宵賦永遇樂詞「染柳煙輕，吹梅笛怨，春意知幾許，」「於今憔悴，風鬟霜鬢，怕向花間重去，」就是有懷於京洛舊事。這時，明誠與易安都在江寧，不久明誠罷官，將家於贛水。而高宗詔令明誠知湖州，明誠隻身赴任，感暑疾發，時易安在池陽，得病訊，急乘江東下，至建康，已病危。這是蕭瑟的深秋，明誠就和易安最後的握別了。嗚呼！「白日正中，歎龐公之機敏；堅城自墮，憐杞婦之悲深。」我們讀了易安的祭夫文，也要替她掉淚吧！

從此易安永遠的孤侶了。從此易安以一悲痛餘生的老婦人，又屢遭變亂。在建康既染沉痾，為「玉壺」一事又幾幾置身於獄，並且金兵攻陷洪州，把易安的書籍和家物一齊燬燼了。悲憤之餘，易安此時已無家可歸，只好往台州依其弟。適台州亂，守官已遁，乃泛海由章安輾轉至越州，復至衢州。其後，又避亂西上，過嚴子陵釣台時易安年已五十三，與弟李迒卜居金華。風霜憂患之餘，在她老年的武陵春詞，有「風住塵香花已盡，日晚倦梳頭。物是人非事事休，欲語淚先流。聞說雙溪春尙好，也擬泛輕舟，只恐雙溪舴艋舟，載不動許多愁。」很深惋的唱出往事的哀吟。

關於易安的晚景：有人說易安晚年改適張汝舟，夫婦不睦，易安有「猥以桑榆之晚境，配此駔儈之下材」之憤語。這樣說的，有苕溪漁隱叢話，雲麓漫鈔和繫年要錄諸書。但俞正㸚在他著的癸巳類稿，則根據許多理由，證明了這種說話法是極謬妄的。

晚景悲涼，超代的女詞人李易安，便是這樣終她的殘年了吧！不知她是否終老於金華？不知她是不是還要在別處流浪？我們臨風懷想何處去弔她的孤墳呢？

（三）

談到李易安的文藝，能够使我們格外的起勁！

我們要了解易安的詞，應先明瞭易安對於詞及詞人的觀念。我們知道易安是怎樣一個極傲視的作家。她對於先代作者並不曾允許有一個完善的詞人。她評柳永「雖協音律而詞語塵下」；她評歐陽（修、）晏（殊）蘇（軾）雖「學際天人，然作爲小歌詞，皆句讀不葺之詩耳。又往往不協音律……」她評王介甫，曾子固：「若作爲小歌詞，則人必絕倒，不可讀也」；她評晏叔原「苦無鋪敍」；評賀方回「苦少典重；

「秦少游「專主情致而少故實」黃庭堅「尙故實而多疵病」至於張子野，宋子京輩，則雖「時時有妙語，而破碎何足名家？」她更譏嘲一切當代應舉進士，「露華倒影柳三變桂子飄香張九成」我們看這位傲視一世的女詞人她否認一切先代的詞家由此可知她的文藝的來源決不是薰染先代的遺傳和影像，而「戛然獨造」了！

生活的活躍，正是文藝的泉源。有許多作者的無病呻吟，許多作家的千篇一律，那都是因爲缺乏生活的背境。李易安雖屬「名門閨女，」雖屬「貴族婦人，」但終她的一生都在和生活相激盪躍動生命的高潮，青春的歡娛，少女的情懷，她倆的藝術生活，早已如夢地飛去了。而新婚的慘別，故鄉的眷念、生父之罷免，翁姑的死亡，處處都刺激易安無窮的哀感。至於愛人之遽逝，家產之蕩失，書籍之焚燬，病軀呻吟，無人慰侍；輾轉千里，倚恃弱弟；這樣的晚境，自然產生繁複的文學內容，不但不是鎭日長閨門的少婦所能比擬，也不是那低斟淺酌風流自賞的名士生活所能企及。易安足跡所至：北地是她的故鄉，是她少年時代躑躅之所，她晚年更走遍了大江南北。淸波雜志記她的故事：「明誠在建康日，易安每値天雪，卽頂笠披簑，循城遠覽以尋詩。得句必邀其夫賡和，明誠苦之。」我們看這一段的記載，知道易安是怎樣的愛好自然，投向大自然去直接尋找詩意的材料。

綜合起來，可知易安是有（一）活躍的生命，（二）繁複的生活，（三）廣博的涉覽，（四）實際的感情經驗，來作她創作的文學內容再加上她文學的天才，藝術的技巧，怎麼不會創作偉大的詞作品出來呢？

因為生活與環境的變居，把李易安的整個人生染成兩片不同的色調。以四十六歲為她生活的劃界。在前期，那是童年的憬憧，是少女的情懷，是初戀的生活；在後期，那是奔馳的孤苦，是孀居的淒涼，是頹廢的晚境。前者是喜劇，後者是悲劇。在李易安作品裏面顯然劃成這一條鴻溝，如「怕郎猜道：奴面不如花面好，雲鬢斜簪，徒要教郎比並看，」「眼波才動被人猜，」是何等的妖豔！而「物是人非事事休，欲語淚先流，」「只恐雙溪舴艋舟，載不動許多愁」又何等的淒涼！這是易安詞的分野線。

易安詞的內容既這麼豐富，那末她的外形呢？若是講到藝術上來，我們可以發現易安詞的技巧，乃在運辭與造辭兩方面：

(一)運辭　易安每能運用最通俗極粗淺的話頭，放在詞裏面做成很美妙的詩句。彭羨門說：「李易安『被冷香消新夢覺，不許愁人不起，』皆用淺俗之語，發清新之思，詞意並工……」貴耳錄評易安詞：「皆以尋常語入音律，鍊句精巧則易，平淡入調者難。」如「這次第，怎一個愁字了得，」這是平常語，用在詞上，便成為活躍的寫意了。

(二)造辭　運辭還是借舊皮囊來裝新酒，造辭則由易安自製的新皮囊了。易安憑她藝術的技巧，往往硬造許多辭，那自然也是美麗而新鮮的。如「寵柳嬌花，」「綠肥紅瘦，」漁隱叢話及詞評謂其清新奇麗之甚。「清露晨流，新桐初引，」則化入世說的語意。又如聲聲慢諸詞，前面連用「尋尋覓覓，冷冷清清，淒淒慘慘切切。」十四疊字後面又用「梧桐更兼細雨，到黃昏點點滴滴；」眞是大珠小珠落玉盤，運斛之技巧，描寫之眞切，已經極藝術之能事的極限了。

（四）

從來對於漱玉詞的評論，已經有不勝記的雕飾和誇張了。卽以朱熹之惡文筆尙道德，也說本朝的女作者，只有曾相布妻魏氏及李易安。就說這種批評也不是沒有成見的，那末當易安的丈夫趙明誠，不甘服易安想勝過她的詞時，把他苦吟的幾十首詞，雜以易安重陽醉花陰詞，呈示於友人陸德夫。而陸德夫玩誦再三後所指出的絕妙三句，「莫道不消魂，簾捲西風，人比黃花瘦，」却正是易安之作。

同時也不是沒有貶損漱玉詞的。如王灼在他的碧鷄漫志裏面便說：「易安詞於婦人中爲最無顧藉，」水東日記更攻擊「易安詞爲不祥之物。」這種非由藝術觀點的批評，何嘗對於漱玉詞有絲毫貶損呢？

自來被稱爲偉大詞人的李易安，她的詩也是很有名的：碧鷄漫志稱她「並有詩名，才力筆贍，逼近前輩。」她還能作畫，明人陳傳良藏有她畫的琵琶行圖，莫廷韓也藏有她的畫墨竹，不過這只是易安的末技！

○　○　○

與李淸照同負詞名的女詞人有朱淑貞。她約略生在淸照後數十年光景。（蕙風詞話說淑貞是北宋人，這未免太離奇了。）號幽棲居士，錢塘人。工詩及詞，她的運命比李清照更要酸苦了，嫁與市儈爲妻，一生便這樣的悒鬱無聊，永淪於痛苦裏面消磨她的青春美景了。其詞著名斷腸，正是她的生活的縮影。看她的詞吧：

「春巳半，觸目此情無限！十二闌干閑倚遍，愁來天不管。好是風和日暖，輸與鶯鶯燕燕。滿院落花簾不捲，斷腸芳草遠！」（謁金門）

「遲遲風日弄輕柔，花徑暗香流。清明過了，不堪回首，雲鎖朱樓。午窗睡起鶯聲巧，何處喚春愁？綠楊影裏，海棠亭畔，紅杏梢頭。」（眼兒媚）

「玉體金釵一樣嬌，背鐙初解繡裙腰，衾寒枕冷夜香消。深院重關春寂寂，落花和雨夜迢迢，恨情和夢更無聊！」（浣溪紗）

淑貞也有很好的豔詞，如「嬌癡不怕人猜，和衣睡倒人懷」（清平樂）；「月上柳梢頭，人約黃昏後」（生查子），這樣的詞，有許多人說不是朱淑貞做的，（生查子詞又見六一詞）這裏也不繫事徵引了。

十二　詞人辛棄疾

（一）

北宋爲了受金兵不堪的壓迫，把一個都城不得已的由汴京移到臨安來，政治上顯示多少的紛動，社會上感受無窮的瘡傷。經過這樣巨大的犧牲以後，而所成就的，不過助長幾個英雄志士的成名，幾個詩人詞家作品的成功而已。棄疾便是成名的英雄裏面的一個，同時又是成功的詞人裏面的一個。偉大的詞人辛棄疾，近人王國維氏評他說：「南宋詞人，白石有格而無情，劍南有氣而乏韻；其堪與北宋人頡頏者，惟一幼安可耳。」其實，我們卽老實說棄疾是南宋第一大詞人也不算是誇張吧。

（二）

現在讓我們來敍述辛棄疾的生平：

「醉裏挑燈看劍，夢回吹角連營。八百里分麾下炙，五十絃翻塞外聲，沙場秋點兵。馬作的盧飛快，弓如霹靂弦驚。了却君王天下事，贏得生前身後名。可憐白髮生！」（破陣子）

這是辛棄疾贈給他的好友陳同甫的一首詞。他的一生，大概就是在這樣想望的事業中消磨過去了。

棄疾字幼安，號稼軒，生於公元一一四〇年，卒於公元一二〇七年。（詳見拙作辛棄疾年譜）山東歷城人，與女詞人李易安同鄉。他的詞受這位女詞人的影響很不小。當他拿他的詩和詞去謁見蔡光時，這位青年的作者已經被發現是未來的詞壇極有希望的耀星了。

辛棄疾開始他的事業，是當二十一歲的時候。這時，棄疾與他的幼年朋友黨伯英，由滑稽的卜筮，決定伯英留事金，棄疾則歸南適。此時，耿京在山東起兵，節制山東河北諸軍，棄疾卽慨然應允做他的書記。於是我們這位少年英雄的事業便開始了。一次，有一個被棄疾招安允受耿京節制的僧端義，一夕竊印逃。耿京惶恐無狀，欲殺棄疾。棄疾立即限期追斬端義，還以復命。這件事取得耿京的最大信仰。不久，棄疾受命回南宋奉表去了，耿京忽爲張安國等所殺，以降金。棄疾立即馳返海州，以最敏捷的手段，聚集舊部，夜襲金營，生擒張安國等，戮之於市。這件事又受宋高宗的榮賞。這還不能算棄疾最好的誇耀，僅小試其鋒吧！最值得誇耀的，是創設飛虎營。

湖湘盜起，聲勢浩大，高宗命棄疾去討撫。依次剿殺了賴文政諸大盜。於此，棄疾卽草了一個百年治安的大策，就是創設飛虎營，以屏障東南半壁。這件事經過許多人反對，而且破壞，高宗也下了阻止的詔令，棄疾乃奮其神勇，不顧君命，於一個月內招集步軍二千人，馬軍五百人，成功他的飛虎營。軍成雄鎮一方，爲江上諸軍之冠。時人皆驚服其英豪。這種作爲，我想就是擬之於古之名將也不爲過分吧。

如其是英雄沒有不義俠的，觀之於棄疾信然。棄疾的同僚吳交于死，無棺斂。棄疾歎曰：「身爲列卿而貧若此，是廉介之士也」，既厚賻之，復言於執政，詔賜銀絹。他又和朱熹友善，後來「朱熹歿時，僞學禁方嚴，門生故舊至無送葬者，棄疾爲文往哭之曰：『所不朽者，垂萬世名。孰謂公死？凜凜猶生！』」（引見宋史四百一卷本傳）這都可以看出棄疾的俠義。

我們知道辛棄疾是不甘伏櫪的大英雄，他和岳飛輩同樣的抱着恢復中原直搗黃龍的大宏願。不幸悒鬱於南宋，懷抱莫展，雖有機會小試其鋒，却如何能揚眉吐氣？觀其與陳同甫抵掌談天下的形勢與成敗，如在指掌，是何等的英昂！然而這種英昂之氣，只在棄疾的想望中消失去了。

這時，棄疾已經很老了。雖節節的做上高官，却不是他的願意，屢次辭免。他連家事也不管了，付之兒孫輩去管理。他說：「乃翁依舊管些兒：管山管竹管水。」（西江月）他住在帶湖的新居，那是一個軒窗臨水，還有小舟行釣，沿岸柳枝笛條，竹籬扶疏，有秋菊堪餐，有冬梅可觀，有春蘭可佩的樂園。他天天不顧命的狂飲。到這時候，他發爲詞，更沉痛蒼凉之極。這大概是抒發那少年時沒有抒發出來的英豪之氣。梨莊謂其「一悲歌慷慨，抑鬱無聊之氣，一寄之於詞」。當辛棄疾回過頭來，追憶時：

「壯歲旌旗擁萬夫，錦襜突騎渡江初；燕兵夜娖銀胡䩮，漢箭朝飛金僕姑。追往事，歎今吾！春風不染白髭鬚。却將萬字平戎策，換得東家種樹書。」（鷓鴣天）

呵呵，「了却君王天下事，贏得生前身後名；」這是辛棄疾永遠的悵望了呢！

（三）

我們要談到辛棄疾的文藝了。

對於稼軒詞，普通有兩個誤解，不得不先辨明一下：第一，就是誤解辛棄疾只會作豪放的詞，以棄疾那樣生活繁複的生平，從文藝上表現出來，自然要形成一種異樣的光彩，尤以棄疾那樣過的英雄事業的生活，每當酒酣耳熱擊節而歌之際，所作的自然是奔放不羈的豪詞，世人遂以豪放派詞人目之，這却不免籠統了。我想什麼「豪放派」「婉約派」的名目只能範圍生活極單調的詞人，而謂像波濤激盪的生平的辛棄疾，他的詞可以用簡單兩個字概括之嗎？第二種誤解，對於稼軒詞，就是以為棄疾作詞，只會觸景生情，一氣呵成，不假修飾，這種話自然是對於稼軒詞的贊美，一部分的稼軒詞，的確是這樣做成的。但有許多詞，却是棄疾焦思苦吟出來的，岳珂程史記：「棄疾自誦其賀新涼，永遇樂二詞，使座客指摘其失，珂謂賀新涼詞，首尾二腔語句相似；永遇樂詞用事太多。棄疾乃自改其語，日數十易，累月猶未竟。其刻意如此：……」可知棄疾之苦吟。

辨明了這兩個誤點，進一步考察稼軒詞的來源：

對於古代文人，棄疾最崇拜的要算是陶潛，他說，「陶縣令是吾師。」這因為棄疾的性格是浪漫的，是嗜好山水的，他不愛做官。他說：「平生不負溪山債，百藥難醫書史淫」他說，「而今何事最相宜？宜醉，宜遊，宜睡」。從這裏看棄疾的性格與陶潛是很能合拍的。對於陶潛的作品，他更是傾倒極了。他常讀淵明詩，不能去手。他讚美淵明詩：「千載後，百篇存，更無一字不清眞。」在這般熱烈傾倒之下，棄疾的文藝無形中受陶詩的薰染自然不少。

此外，棄疾相似於古人的：他的胸襟，他的豪致，他的頹放，有似於李太白；他的用白話描寫，引俗語入詞，又受了白樂天的調度；而他受詞的影響最大的莫過於花間集，如他有一首唐河傳：

「春水千里，孤舟浪起，夢攜西子。覺來村巷夕陽斜，幾家短牆紅杏花。晚雲做造些兒雨，折花去，岸上誰家女，太顛狂。那邊柳綿被風吹上天。」

這首詞是做花間體，假如雜入花間集裏面去，誰知道這是辛棄疾作的呢？辛棄疾擬做花間體的詞很多，河瀆神的「芳草綠萋萋」便又是一個好例。

復次，棄疾對於當代詞人很受兩個人的影響不少。一個是蘇東坡；辛蘇的性格與脾氣，可以說是沒有兩樣的，筆致和氣骨也能相合拍。一個是李易安；易安是他的同鄉，他幼年即受這位女詞人詞名的震鑠了。集中屢有做易安體，如醜奴兒近（在博山道中）：

「千山雲起，驟雨一霎兒價更遠樹斜陽風景怎生圖畫？青旗賣酒，山那畔別有人家。只消山水光中，無事過者一夏。午醉醒時，松窗竹戶，萬千瀟灑；野鳥去來，又是一般困暇！却怪白鷗覷着人：欲下未下。舊盟都在，新來莫是，別有說話。」

這兩個詞人，蘇對於辛的影響，是成就他豪放的詞；李對於辛的影響，是成就他婉約的詞。

不過，我們還應該知道：稼軒詞的價值，是全在他創造性的充實。他雖然受古人近人的影響，他雖然不鮮做花間體，做白樂天體，做李易安體；但他却並不受骸骨的束縛。他的思想的奔放，他的描寫的自由，豈但不是古人所能鐐鑄；他的藝術上的造詣，還要「青出於藍」還要後來居上，超越昔人的成功。

以下分別介紹稼軒詞。

(一)自敍詞：廣義一點說來：凡是棄疾的詞，都可以說是他自敍的。不過，這裏却專指他描寫身世之感的詞。他這種詞，顯然分爲兩類：一是英氣橫溢的豪語，一是壯志未酬的恨聲。前者是少年時代的作品，保留下來的不多且舉他一首與韓南澗的詞爲例：棄疾作此詞時已經四十五歲了，但還充滿着少年的英氣。

「渡江天馬南來，幾人眞是經綸手？長安父老，新亭風景，可憐依舊！夷甫諸人，神州陸沉，幾曾回首？算平戎萬里，功名本是眞儒事，公知否？況有文章山斗，對桐蔭滿庭淸晝。當年墮地，而今試看，風雲奔走。綠野風煙，平泉草木，東山歌酒，待他年，整頓乾坤事了，爲先生壽！」（水龍吟壽韓南澗尙書）

這樣英氣潛溢的豪語，多半是在北方和南渡時做的。這時他那「了却君王天下事，贏得生前身後名」的少年志氣，和滿肚皮的希望——從詞裏表白出來。及到南宋偏安已定，恢復不成，棄疾此時已經「英雄無用武之地」，而且華年駛去，「可憐白髮生」了，半世的抱負和希望沒有嘗試一下，都成了泡影，那裏不痛心呢？所以棄疾老年的作品，盡是滿肚皮的牢騷和怨恨。如

「……將軍百戰身名裂，向河梁回頭萬里，故人長絕。易水蕭蕭西風冷，滿座衣冠似雪。正壯士悲歌未徹。啼鳥還知如許恨，料不應啼淸淚常啼血。誰伴我，醉明月？」（賀新郎別茂嘉十二弟）

「……長門事，準擬佳期又誤！蛾眉曾有人妬，千金縱買相如賦，脈脈此情誰訴？君莫舞，君不見玉環飛燕皆塵土。閑愁最苦！休去倚危欄，斜陽正在煙柳斷腸處。」（摸魚兒）

摸魚兒一詞，哀怨之極，幾乎買禍。再舉一詞爲例：

「故將軍飲罷夜歸來，長亭解雕鞍。恨灞陵醉尉，匆匆未識，桃李無言。射虎山橫一騎，裂石響驚弦。落魄封侯事，歲晚田園。誰向桑麻杜曲，要短衣匹馬，移住南山，春風流慷慨，談笑過殘年。漢開邊，功名萬里，甚當時健者也曾困。紗窗外，斜風細雨，一陣輕寒！」（八聲甘州用李廣事賦寄楊民瞻）

（二）懷古詞：　懷古的詞，在棄疾詞裏面是很佔重要位置的一類，他的一團豪與與牢騷，往往於憑高弔古眺遠傷懷的時候，借托古英雄發洩出來。所以一壁是懷古，一壁也是自敍：

「千古江山，英雄無覓孫仲謀處。舞榭歌台，風流總被雨打風吹去。斜陽草樹，尋常巷陌，人道寄奴曾住。想當年金戈鐵馬，氣吞萬里如虎。元嘉草草，封狼居胥意。贏得倉皇北顧，四十三年，望中猶記烽火揚州路。可堪回首，佛狸祠下，一片神鴉社鼓。憑誰問，廉頗老矣，尚能飯否？」（永遇樂京口北固亭懷古）

「何處望神州？滿眼風光北固樓。千古興亡多少事，悠悠，不盡長江滾滾流。年少萬兜鍪，坐斷東南戰未休。天下英雄誰敵手，曹劉，生子當如孫仲謀。」（南鄉子登京口北固亭）

（三）抒情詞：　談到棄疾的抒情詞來，隔外有趣了。眞正說，辛詞只有抒情詞，才算藝術的表現。沈謙說：

「稼軒詞以激揚奮厲為工，至『寶釵分桃葉渡』曲，昵狎溫柔，魂消意盡，才人伎倆，眞不可測。」這有什麼不可測？唯大英雄乃大情癡，如以楚項羽之霸，當其無面見江東之際，歌「虞兮虞兮奈若何！」亦魂消意盡！一往情深了。何況「富貴非吾事，兒女古今情」的辛棄疾呢？看他的詞：

「少年不識愁滋味，愛上層樓；愛上層樓，為賦新詩強說愁。而今識盡愁滋味，欲說還休；欲說還休，却道天涼好個秋！」（醜奴兒）

「鬱孤台下清江水，中間多少行人淚。西北是長安，可憐無數山！青山遮不住，畢竟東流去。江晚正愁余，山深聞鷓鴣。」（菩薩蠻書江西造口壁）

「近來愁似天來大，誰解相憐；誰解相憐，又把愁來做個天。都將千古無窮事，放在愁邊；放在愁邊，却自移家向酒泉。」（醜奴兒）

「昨日春如十三女兒學繡，一枝枝不教花瘦。甚無情便不得雨僝風僽，向園林鋪作地衣紅縐。而今春似輕薄浪子難久。記前時送春歸後，把春波都釀作一江醇酎，約清愁楊柳岸邊相候。」（粉蝶兒）

「有得許多淚，更閑却許多鴛被，枕頭兒放處都不是舊家時；怎生睡？再也沒書來，那堪被雁兒調戲！道無書，却有書中意；排幾個人人字。」（尋芳草嘲陳辛叟憶內）

「登山流水送將歸，悲莫悲兮生離別，不用登臨怨落暉。昔人非，惟有年年秋雁飛。」（憶王孫秋江送

{別}

此外棄疾還有更長的描寫，如「更能消幾番風雨，匆匆春又歸去。惜春長怕花開早，何況落紅無數！春且住，見說道天涯芳草無歸路。怨春不語：算只有殷勤畫簷蛛網，盡日惹飛絮……」（摸魚兒）「綠樹聽鵜鴂，更那堪杜鵑聲住，鷓鴣聲切！啼到春歸無啼處，苦恨芳菲都歇……；」「寶釵分，桃葉渡，怕上層樓，十日九風雨。斷腸點點飛紅，都無人管，更誰遣流鶯聲住？」（祝英台近）描寫之工，在南宋人詞中要算是很稀罕的。

（四）

最後，我們對於辛棄疾的詞怎樣的批評呢？古人已經有了許多重要見解，值得我們珍貴的。古人往往愛排列幾個作家作比較的批評，於批評辛棄疾也是這樣。

（一）辛棄疾與蘇軾——世人每以蘇辛並稱，但蘇不如辛，古人早已說過了：「蘇辛並稱，東坡天趣獨到處，殆成絕詣，而苦不經意，完璧甚少；稼軒則沈著痛快，有轍可循，南宋諸公無不傳其衣缽，固未可同年而語也。」（宋四家詞序論）「世以蘇辛並稱，蘇之自在處，辛偶能到之；辛之當行處，蘇必不能到……。」（論詞雜著）

（二）辛棄疾與姜白石——辛姜為南宋二大詞人，古人批評他倆說：「北宋詞多就景敘情，故珠圓玉潤，四照玲瓏。至稼軒白石一變而爲即事敍景，使深者反淺，曲者反直。吾十年來服膺白石，而以稼軒爲外道。由今思之，可謂瞽人捫籥也。稼軒鬱勃，故情深；白石曠放，故情淺；稼軒放縱，故才大；白石局促，故才小……」（論詞雜著）「白石脫胎稼軒，變雄健爲清剛，變馳驟爲疏宕，蓋二公皆極熱中，故氣味吻合。辛寬姜窄，寬故容藏，窄故鬬硬」（四家詞序論）

東坡爲北宋最有名的詞人，白石爲南宋詞人之宗，而古人都以爲不及辛棄疾，可知棄疾詞在文學史上的地位原來是很高的。率性再舉幾個古人的批評：

1. 梨莊云：「稼軒當弱宋末造，負管樂之才，不能盡展其用。一腔忠憤，無處發洩，故其悲歌慷慨抑鬱無聊之氣，一寄之於詞。」
2. 劉後村云「公所作大聲鏜鞳，小聲鏗鍧，橫絕六合，掃空萬古，其穠麗綿密者，亦不在小晏秦郎之下。」
3. 毛晉云：「詞家爭鬬穠纖，而稼軒率多撫時之作，磊落英多，絕不作妮子態……」
4. 王阮亭云「石勒云『大丈夫磊磊落落，終不學曹孟德司馬仲達狐媚』，讀稼軒詞，當作如是觀。」
5. 彭羨門云：「稼軒詞胸有萬卷，筆無點塵，激昂排宕，不可一世……」
6. 周介存云：「稼軒斂雄心，抗高調，變溫婉，成悲涼……」

7. 樓敬思云：「稼軒驅使莊騷經史，無一點斧鑿痕，筆力甚峭。」

8. 紀昀云：「其詞慷慨縱橫，有不可一世之概……異軍突起，能於剪紅刻翠之外，屹然別立一宗。」

9. 胡適云：「他（辛棄疾）的詞，無論長調與小令，都能放恣自由，淋漓痛快……」

由這些批評，我們約莫知道了辛詞的美的一方面，却不是沒有指摘的地方。如宋徵璧云：「辛稼軒之豪爽，而或傷之霸。」劉克莊云：……「放翁稼軒，一掃纖絕，不事穿鑿，高則高矣；但時時掉書袋，要是一癖。」更有人說他的詞不是詞而是詞論。現在我們總括上面的批評，得一個平允的結論：

「辛棄疾的才氣極大，在他的長詞裏面，往往能夠表現一種偉大的英雄氣魄，雖有時不免掉書袋，不免用事太多，却用得自然活潑，並不覺得累贅束縛，依然有放恣自由淋漓痛快的精神。他的小詞則由他的巧妙的藝術，把他那深沉而微妙的情思，用白話白描出來，好像是滑稽的，却有古樂府歌謠的好處——歌謠的描寫，還沒有這樣活潑而深刻呢。在宋人詞中，辛詞要算是最成功的了。」

十三　辛派的詞人

屬于辛棄疾一派的詞人，有陸游、劉過、劉克莊。

陸游、他是南宋極有名的一個詩人，同時又是一個詞人。字務觀，越州山陰人。生於北宋宣和七年。范成大帥蜀時，游為參議官。嘉泰初，詔同修國史兼秘書監，以寶章殿待制致仕，卒於嘉定三年（公元一一二五年——（公元一二一〇年）。游爲人頗浪漫不羈，人譏其頹放，因是號放翁。有劍南集詞一卷。

我們在表面上只認識了放翁是一個頹放的文人，殊不知他骨子裏眞是一個有心肝有血氣的男子。他晚年雖依附於韓侂胄，似乎不能證明他是失節了。不過他的好名心的確很重，這也是文人的通病。從放翁晚年的詞裏面可知他也是一個很可惋惜的埋沒了的志士。看他的雙頭蓮詞：「華髮星星，驚壯志成虛，此身如寄。蕭條病驥，向暗中消盡當年豪氣。……；」又如：「……回首杜陵何處？壯心空萬里，人誰許？」（感皇恩）；「……自許封侯在萬里，有誰知？鬢雖殘，心未死！」（夜游宮），「封侯萬里」本不算奇，然在詞裏面有這麼一團豪氣，自是可喜的。夜游宮的全詞是：

「雪曉清笳亂起，夢游處不知何地？鐵騎無聲望似水。想關河，雁門西，青海際。睡覺寒燈裏，漏聲斷，月斜窗紙。自許封侯在萬里，有誰知？鬢雖殘，心未死！」（夜游宮記夢）

「英雄的夢」只是偶然的回憶吧！放翁普通的詞，常有蕭疎之致：

「茅簷人靜，蓬窗燈暗，春晚連江風雨。林鶯巢燕總無聲，但月夜常啼杜宇。催成清淚，驚殘孤夢，又揀深枝飛去。故山猶自不堪聽，況半世飄然羈旅！」（鵲橋仙夜聞杜鵑）

「一竿風月，一簑煙雨，家在釣台西住。賣魚生怕近城門，況肯到紅塵深處？潮生理棹，潮平繫纜，潮落浩歌歸去。時人錯把比嚴光，我自是無名漁父。」（鵲橋仙）

「一春常是雨和風，風雨時時，春已空，誰惜泥沙萬點紅？恨難窮，恰似蓑翁一世中。」（憶王孫）

「雲千重，水千重，身在千重水雲中。月明收釣筒。頭未童，耳未聾，得酒猶能雙臉紅。一尊誰與同？」（長相思）

劍南詞也是被劉克莊譏爲與辛棄疾同樣有「愛掉書袋」的癖。楊慎在他的詞品裏面則說：「其纖麗處似淮海，雄爽處似東坡」。紀昀在提要裏面說：「……驛騎于二家，故奄有其勝，而皆不能造其極。」據我看來，一部分放翁詞可以適用毛晉的批評，「豪爽處似稼軒」，一部分的詞，可以適用宋徵壁的批評：「陸務觀之蕭散而或傷於疎。」

○　○　○

劉過，字改之，號龍洲道人，襄陽人。（或作太和人，或作新昌人。）曾上書請光宗過宮，並致書宰相陳恢復方略。不用，乃放浪湖海，嘯嗷自適。宋子虛稱他爲天下奇男子。有龍洲詞一卷。

改之係辛棄疾的熱烈崇拜者（其詞有「古豈無人，可以似若稼軒者誰？」）他曾爲棄疾的幕客，英雄的志趣既略相同，常相與飲酒塡詞相酬唱。一部分的龍洲詞便是受辛詞的感染極深的產品（集中效稼軒體很多。）這種作品雖然也有「恣肆自由」的力量，終究不是改之的體裁與風格。不過改之的才氣頗大，不致於陷溺於摹仿的城中而埋沒了個性，他那宏闊的氣宇在詞裏畫出顯然的輪廓來。

「鎭長淮，一都會，古揚州。升平日，朱簾十里，春風小紅樓。誰知艱難去，邊塵暗？胡馬擾，笙歌散，衣冠渡，使人愁！屈指細思，血戰成何事？萬里封侯。但瓊花無恙，開落幾經秋，故壘荒丘似含羞。悵望金陵宅，丹陽郡，山不斷，綢繆。興亡夢，榮枯淚，水車流，甚時休？野竈炊煙裏，依然是宿貔貅。嘆燈火今蕭索，尙淹留。莫上醉翁亭，看濛濛雨，楊柳絲絲，笑書生無用，富貴拙身謀。騎鶴來遊。」（六州歌頭）

改之的詞體除了受辛棄疾的感染外，在他詞集一部分的詞，很能夠有種娟秀的風致。

「別酒醺醺渾易醉，回過頭來三十里。馬兒不住去如飛，牽一甜，坐一憩，斷送殺人山與水。是則是青山終可喜，不道恩情拚得未？雪迷材店酒旗斜：去則是，往則是，煩惱自己煩惱你。」（天仙子別妾）

「曉入紗窗靜，戲弄菱花鏡。翠袖輕勻，玉纖彈去，小妝紅粉。畫行人愁外兩青山，與尊前離恨，宿酒醺難醒。笑記香肩並，暖借蓮腮，碧雲微透，暈眉斜印。最多情，生怕外人猜，拭香津微搵。」（小桃紅詠美人畫扇）

「忺憎憎地，一捻兒年紀，待道瘦來肥不是，宜著淡黃衫子。唇邊一點櫻多，見人頻斂雙蛾。我自金陵懷古，唱時休唱西河。」（清平樂贈妓）

在這些詞裏面，改之那一團「斗酒彘肩，風雨渡江，豈不快哉」的豪氣，不知那兒去了。毛晉說：「稼軒集中能有此纖秀語耶？」但改之有些詞，如沁園春詠美人指甲，詠美人足數詞，則未免太纖麗而無氣骨了。

劉克莊，字潛夫，號後村，莆田人。淳祐中以「文名久著，史學尤精」受理宗的特識，賜同進士出身。因此負一代盛名，官至龍圖閣學士。詞有後村別詞一卷。

後村也是一個很想做點事業的人，雖然終於沒有什麽成就，在他的許多詞裏面，抒發了不少的感慨和憤慨，可以看得出來：

「……嘆年光過盡，功名未立；書生老去，機會方來。使李將軍遇高皇帝，萬戶侯何足道哉！披衣起，但淒涼感舊，慷慨生哀。」（沁園春）

「……歎名姬駿馬，都成昨夢；隻雞斗酒，誰弔新丘。天地無情，功名有命，千古英雄只麽休。平生獨羊曇一個，灑淚西州。」（沁園春）

「兩淮蕭索惟狐兎，問當年祖生去後，有人來否？多少新亭揮淚客，誰夢中原塊土。算事業須由人做。堪笑書生心膽怯，向車中閉置如新婦，空目送塞鴻去。」（賀新郎後半闋）

「……高冠長劍都閑物，世上切身惟酒。千載後，君試看拔山扛鼎俱烏有，英雄骨朽！問顧曲周郎，而今還解來聽小詞否？」（摸魚兒感嘆）

說起劉克莊來，彷彿他與辛棄疾很不同調，他說辛詞：「愛掉書袋」，究竟克莊受辛詞的影響，委實不少。如「老子年來頗自許，鐵石心腸，尙一點消磨未盡……；」「使李將軍遇高皇帝，萬戶侯何足道哉！」和

「有個頭陀形等枯株，心猶死灰……」這樣的句調，却很有辛詞的風格。以下舉幾個非辛詞體的例：

「甚春來冷煙淒雨，朝朝遲了芳信？驀然作暖晴三日，又覺萬殊嬌困。霜點鬢，潘令老年年不帶看花分。才情減盡，悵玉局飛仙，石湖絕筆，孤負這風韻。傾城色，懊悔佳人薄命。牆頭岑寂誰問？東風日暮無聊賴，吹得胭脂成粉。君細認，花共酒，古來二事天猶吝。年光去迅，謾綠成陰，蒼苔滿地，做取異時恨。」（摸魚兒秋海棠）

「紙帳素屏遮，全似僧家。無端霜月闖窗紗，喚起玉關征戍夢，幾疊寒笳。歲晚客天涯，短髮蒼華；今年衰似去年些。詩酒新來都減價，孤負梅花。」（浪淘沙旅況）

「朝有時，暮有時，潮水猶知日兩迴。人生長別離！　來有時，去有時，燕子猶知社後歸。君行無定期！」（長相思寄遠）

「風蕭蕭，雨蕭蕭，相送津亭折柳條。春愁不自聊！　煙迢迢，水迢迢，準擬江邊駐畫橈。舟人頻報潮。」（長相思舟上餞別）

「小娘解事高燒燭，羣花圍繞樗蒱局。道是五陵兒，風騷滿肚皮。玉鞭鞭玉馬，戲走章台下；笑殺灞橋翁，騎驢風雪中。」（菩薩蠻戲林節推）

對於後村的批評，有的稱他「壯語可以立懦」；有的稱他「雄力足以排奡」；有的譏他「直致近俗，效稼軒而不及」有的譏他「雖縱橫排宕亦頗自豪然於此事究非當家。如贈陳參議家姬清平樂詞：『貪與蕭郎眉語，不知舞錯伊州』集中不數見也」這不是中肯的批評，後村雖不是第一流的詞人，總要算是站在水平線以上的詞的作家。他的詞有很激憤的，有很悲壯的，有很纖秀的，有很蕭疏有情致的；都可以說是成功的傑作。

十四　南渡十二詞人

南渡詞人的發達，在宋代文學史上呈特異的色彩，只要查一查宋六十名家詞，幾乎有二分之一是南渡詞人。我們便不免要問何以南渡詞人這麼多呢？假如我們認定文學是生活的表現，苦悶的象徵，那末當國家變亂，戰爭殺伐的時候，個人受社會環境的影響，生活是一定要複雜些，苦悶一定要顯著些。換言之，就是生活與苦悶所刺激自我表現的機會多些。文學便這樣的活潑發展起來。我們看周末的春秋戰國，魏晉六朝，唐末五代，正是文學最盛的時際，則我們知道有宋南渡詞的文學的發達是必然的趨勢了。在這一段時期中不但詞人之多，即詞的體格與氣象，都不與北宋以繁華作背景的詞，和南宋偏安後以委靡作背景的詞相像。讀了辛棄疾岳飛輩的詞，便會有這種感觸。現在我們舉出十二個南渡詞人來談談他們的詞。

張孝祥　他是南渡詞人中很偉大的一個，與辛棄疾同時。字安國，號于湖。原為蜀之簡州人，徙居歷陽之烏江，亦稱為烏江人。生約當公元一千一百三十二年，二十餘歲，即以廷試第一魁中狀元。宋史稱其早負峻才，蒞政揚聲，因忤秦檜，屢遭遷黜。及檜卒，始得隆遇，召爲直中書，以孝宗初年卒，（湯衡以孝宗乾道七年撰于湖詞序是時于湖已死數年）方三十六歲。多才不壽，故孝宗有「用才不盡」之嘆。有于湖雅詞三卷。陳季龍于湖雅詞序云：「紫微張公孝祥，姓字風雷於一世，辭彩日星於郡國……至於託物寄情，弄翰戲墨，融取樂府之遺意，鑄爲毫端之妙詞，前無古人，後無來者……讀之冷然灑然，眞非煙火食人辭語。予雖不及識荆，然其瀟散出塵之姿，目在如神之筆，邁往淩雲之氣，猶可想見也。」我們讀了這一段話，雖然不免有點過譽，而于湖在當代的文名，則概可想見。現在我們最好介紹他的詞罷：

「洞庭青草，近中秋，更無一點風色。玉界瓊田三萬頃，著我扁舟一葉。素月分輝，明河共影，表裏俱澄澈。悠然心會，妙處難與君說。應念表嶺經年，孤光自照，肝膽皆冰雪。短鬢蕭疏襟袖冷，穩泛蒼冥空闊。盡吸西江，細斟北斗，萬象爲賓客。叩舷獨嘯，今夕不知何夕？」（念奴嬌過洞庭）

「問訊湖邊柳色，重來又是三年。春風吹我過湖船，楊柳絲絲拂面。世路如今已慣，此心到處悠然。寒光亭下水連天，飛起沙鷗一片。」（西江月）

魏了翁跋念奴嬌詞云：「于湖有英姿奇聲，著之湖湘間，未爲不遇。洞庭所賦，在集中最爲傑特。」張孝祥的詞，實在自己有一種另外的風格。他因爲受秦檜的排擠，幾次到湖南作郡守，三湘七澤，山色湖光，都給與張孝祥作詞的資料。既然係從目接欣賞寫下來的作品，自然不會蹈襲前人語，而自成風格。湯衡謂：「一見公平昔為詞，未嘗著稿，酒酣興健，頃刻即成……岳陽樓諸曲，所謂駿發踔厲，寓以詩人句法者也」其實岳陽樓諸曲，還未足代表孝祥。于湖詞裏面有一首六州歌頭可以說是代表孝祥的思想與懷抱的作品。其詞如下：

「長淮望斷，關塞莽然平。征塵暗，霜風勁，悄邊聲，黯銷凝。追想當年事，殆天數，非人力。洙泗上，絃歌地，亦軍營。隔水氈鄉，落日牛羊下，區脫縱橫。看名王宵獵，騎火一川明。笳鼓悲鳴，遣人驚。 念腰間箭，匣中劍，空埃蠹，竟何成？時易失，心徒壯，歲將零！渺神京，干羽方懷遠，靜烽燧，且休兵。冠蓋使，紛馳騖，若為情。聞道中原遺老，常南望翠葆霓旌。使行人到此，忠憤氣填膺，有淚如傾！」（六州歌頭）

朝野遺記上說：「孝祥在建康留守席上賦此歌闋，韓公為罷席而入。」原來恢復中原，乃志所矢，聽了此公這麼悲壯慷慨的詞，那能不為之墮淚呢？

陳與義 字去非，其先居京兆，後遷洛陽（或謂其先蜀人）自稱洛陽陳某，又號簡齋。生於元祐五年，死當紹興八年（公元一千〇九十年——公元一千一百五十八年）。他以少年賦墨梅賦，受知於徽宗，歷官中書舍人參知政事。據宋史本傳他是個「容狀嚴恪，不妄言笑，平居雖謙以接物，然內剛不可犯」的君子。他長於作詩，他的詩「體物寓興，上下陶、謝、韋、柳之間」，不過現在只論他的詞。有無住詞一卷（以所居無住巷故名）。

簡齋遺傳下來僅十八首的小詞，（沒有長調）在數量方面誠未免太少，然卽此已可發現簡齋作詞的天才，和在詞史上的地位了。看他的詞：

「憶昔午橋橋上飲，坐中多是豪英。長溝流月去無聲，杏花疎影裏，吹笛到天明。二十餘年如一夢，此身雖在堪驚！閒登小閣看新晴，古今多少事，漁唱起三更。」（臨江仙）

「東風起，東風起，海上百花搖，十八風鬟雲半動，飛花和雨着輕綃，歸路碧迢迢。」（擬赤城韓夫人法駕導引）

「送了棲鴉復暮鐘，欄干生影曲屏東，臥看孤鶴駕天風。起舞一樽明月下，秋空如水酒如空，謫仙已去與誰同？」（浣溪紗）

「張帆欲去仍搔首，更醉君家酒。吟詩日日待春風，及至桃李開後卻匆匆。歌聲頻爲行人咽，記著尊前雪。明朝酒醒大江流，滿載一船離恨向衡州。」（虞美人）

這十八首的小詞，包括在無住詞裏面的，眞如一顆顆珍貴的小珠子，可惜限於篇幅不能一一舉例出來了。老實說罷，陳簡齋的詩，還在黃庭堅陳師道之下；如論他的詞，則遠高出陳黃幾等。提要謂其「吐言天拔，不作柳嚲鶯嬌之態，亦無踈筍之氣，殆於首首可傳」，黃昇則稱其「小詞可摩坡仙之壘，」這都不算過爲誇張的批評。

楊無咎 字補之，清江人，自號逃禪老人，又號淸夷長者。他少年時，是很熱中功名的，無奈坎軻不遇。在他詠中秋的多麗調詞看得出來：「念年來靑雲失志，擧頭應羞見嫦娥。且高歌細敲檀板，拚痛飲頻倒金荷。斷約他年，重揮大手，桂枝須斫最高柯。恁時節淸光比今夕，更應多。功名事到頭須在，休用忙呵！」南渡後，又因爲秦檜專權，無咎恥於依附，雖朝廷幾次徵他不去，可見他的性格上的骨傲了。他是一個畫家，最有名的江西墨梅就是他的藝術的產品。同時他又是一個詞人，有逃禪詞一卷，現在我們介紹他的詞：

「水寒江靜浸一抹靑山倒影，樓外指點漁村近，笛聲誰噴？驚起賓鴻陣。往事都歸眉際恨，這相思情味誰問？淚痕空把羅襟印，淚應啼盡，爭奈情無盡！」（一斛珠）

「濺濺不住溪流素，憶曾記碧桃紅露。別來寂寞朝朝暮，恨遮斷當時路。仙家豈解空相誤，嗟塵世自難知處。而今重與春爲主，儘浪蕊浮花妬。」（于中好）

無咎的詞，據我看來，最擅長於描寫性的愛情。如生查子：「問着却無言，覷了還回盼；底處奈思量，倦了還轉展，」玉抱肚：「見也渾閑，堪嗟處山遙水遠，音信也無個，這眉頭强展依前鎖，這淚珠强收依前墮，我平生不識相思，爲伊煩惱忒大，你還知麽？你知後我也甘心受摧挫，又恐你背盟誓，似風過，共別人忘却我！」這種描寫比黃魯直的小詞還要高勝一籌。花庵詞選不刋無咎一字，眞是瞎眼！

張元幹 字仲宗，別號蘆川居士，長樂人。（或云三山人）平生忠義自矢，不屑與奸佞秦檜同朝，卽飄然掛冠而去。因胡銓上書乞斬秦檜被謫，元幹作詞送之，坐是除名。其詞爲賀新涼調，頗慷慨悲壯，錄之如下：

「夢繞神州路，悵秋風，連營畫角，故宮離黍。底事崑崙傾砥柱？九地黃流亂注，聚萬落千村狐兎。天意從來高難問，況人情易老悲難訴；更南浦，送君去。涼生暗柳摧殘暑，耿斜河，疎星淡月，斷雲微雨，萬里江山知何處？回首對床夜語，雁不到書成誰與？目盡靑天懷今古，肯兒曹恩怨相爾汝。舉大白，聽金縷。」

那種懷戀故國，感慨山河的壯志，躍然紙上。此外元幹的詞頗多淸麗婉轉之作，例如踏莎行詞：

「芳草平沙，斜陽遠樹，無情桃李江頭渡。醉來扶上木蘭舟，將愁不去將人去。薄劣東風，天斜飛絮，明朝重覓吹笙路。碧雲香雨小樓空，春光已到銷魂處。」

又如「蘭橈飛去歸來，愁眉待得伊開；相見嫣然一笑，眼波先入郎懷，」（淸平樂）這都是很豔麗的。

毛晉跋稱元幹：「人稱其長於悲憤，及讀花庵草堂所選，又極嫵秀之致，眞可與片玉白石並垂不朽。」

范成大　字致能，吳郡人。（公元一一六六年——一一九三年）官至吏部尚書，拜參知政事，進資政殿學士，提舉洞霄宮。有石湖集詞一卷。他的小詞有很好的：

「棲烏飛絕，絳河綠霧星明滅。燒香曳簟眠淸樾，花影吹笙，滿地淡黃月。好風碎竹聲如雪，昭華三弄臨風咽。鬢絲撩亂綸巾折，涼滿北窗，休共軟紅說。」（醉落魄）

「塘水碧，仍是麴塵顏色，泥泥縠紋無氣力，東風如愛惜，恰似越來溪側，也有一雙鸂鶒，只欠柳絲千百尺，繫船春弄笛。」（謁金門）

石湖本是一個詩人，他的詩成就很大，在南宋蔚然一家，為有宋四大詩人之一。因此，他雖有很清蔚的小詞，但為他的詩名所掩掉了。

呂濱老　字聖求，嘉興人。以詩名紹興間。他是一個國家觀念很重的詩人，有詩云：「愛國憂身到白頭，此生風雨一沙鷗；」「尚喜山河歸帝子，可憐麋鹿入王宮。」他的詞也很有名，有聖求詞一卷。詞云

「蟬帶殘聲移別樹，晚涼房戶，秋風有意染黃花，下幾點清涼雨。渺渺雙鴻飛去，亂雲深處，一山紅葉為誰愁？供不盡相思句。」（一落索）

「春將半，鶯聲亂，柳絲拂馬花迎面。小堂風，暮樓鐘，草色連雲，暝色連空，重重！秋千畔，何人見？寶釵斜照春妝淺。酒霞紅，與誰同？試問別來，近日情悰忡忡！」（惜分釵）

惜分釵調為聖求所自造新譜。又有東風第一枝調綠梅詞，與東坡西江月齊名。毛晉謂其「佳處不減少游，」趙師岩則謂其「婉媚深窈，視美成耆卿伯仲耳」，可以想見聖求詞的價值了。

葉夢得　字少蘊，吳縣人。（公元一〇七七年——一一四八年）累官龍圖閣直學士，除尚書右丞，提舉洞霄宮。晚年居吳興弁山下，嘯詠自娛，自號石林居士。有石林詞一卷。關注序說：「其詞婉麗，卓有溫李

之風，晚歲落其花而實之能於簡談時出雄桀合處不減靖節東坡之妙。」毛晉跋說：「石林詞卓有林下風，不作柔語殢人眞詞家逸品也。」這都不免有點過分的誇張。

「霜降碧天靜，秋事促西風。寒聲隱地初聽，中夜入梧桐。起瞰高城四顧，寥落關河千里，一醉與君同。疊鼓鬧淸曉，飛騎引雕弓。歲將晚，客爭笑，問衰翁：平生氣豪安在？走馬爲誰雄？何似當筵虎士，揮手弦聲響處，雙雁落遙空。老矣眞堪惜，回首望雲中。」（水調歌頭）

「楓落吳江，扁舟搖蕩，暮山斜照催晴。此心長在，秋水共澄明。底事經年易拚，驚遺恨，悄悄難平。臨風處，佳人萬里，霜笛與誰橫。長城誰敢犯，知君五字，元有詩聲。笑茅舍何時，歸此眞成，絲鬢朱顏老盡，柴居住，行卽終行。聊相待，狂唱醉舞，雖老未忘情。」（滿庭芳）

夢得生長北宋晚年，南渡眷戀故都，未免傷懷，故其詞有一鬭豪爽之氣，頗與東坡相類。雖然他的詞還比不上東坡，也要算南渡偉大的詞人中的一個了。

康與之　字伯可。渡江初，秦檜當國，伯可附檜求進，以詞受知於高宗，官郎中。檜死，伯可亦貶五年。有順菴樂府。黃叔暘說：「伯可以文詞待詔金馬，凡中興粉飾治具，慈寧歸養，兩宮歡集，必假伯可之歌詠，故應制之詞爲多。」這種應制的詞，並沒有藝術的衝動，自然沒有產生好詞的可能，（陳質齋言伯可詞鄙褻之甚）不必舉例。但伯可的小詞，却也有很好的，舉兩首作例：

「阿房廢址漢荒邱，狐兎又羣遊，豪華盡成春夢，留下古今愁。君莫上古原頭，淚難收。夕陽西下，塞雁南飛，渭水東流。」（訴衷情）

「南高峰，北高峰，一片湖光映靄中，春來愁殺儂。郎意濃，妾意濃，油壁車輕郎馬驄，相逢九里松。」（長相思）

這種詞，實在有古樂府意，我想這未必不是伯可有意模仿六朝時的歌謠。

朱敦儒 字希直，一字希眞，洛陽人。他少年時，志行高潔，雖爲布衣，而有朝野之望。朝廷屢徵不去。無奈後來依附秦檜，晚節不修。工詩及樂府，有樵歌三卷。（略據宋史文苑傳）

希眞的詞，却又是一種風格。雖同是白話的詞，他却似一意模擬歌謠。舉幾首詞例爲證：

「江南岸，柳枝；江北岸，柳枝；折送行人無盡時，恨分離，柳枝。酒一杯，柳枝；淚雙垂，柳枝；君到長安百事違，幾時回？柳枝。」（柳枝）

「連雲衰草，連天晚照，連山紅葉。西風正搖落，更前溪嗚咽。燕去鴻歸音信絕，問黃花又共誰折？征人最愁處，送寒衣時節。」（十二時）

「金陵城上西樓，倚清秋。萬里夕陽垂地，大江流。中原亂，簪纓散，幾時收？試倩悲風吹淚過揚州。」（相見歡）

古人對於希眞詞的批評，張正大說：「希眞賦月詞：『插天翠柳，被何人推上一輪明月。』自是豪放；賦梅引『橫枝銷瘦一如無，但空裏疎花數點，』語意奇絕！」黃叔暘云：「希眞京都名士，詞章擅名，天姿曠遠，有神仙風致。」這樣的批評，是希眞應該接受的。

毛幵　字仲平，信安人。（或作三衢人）爲人傲世自高，與時多忤，官只至州倅，詩文甚著名，小詞最工。有樵隱詞一卷，楊用修氏最欣賞他的滿江紅撥火初收一詞，詞云：

「撥火初收，鞦韆外，輕煙漠漠。春漸遠，綠楊芳草，燕飛池閣。已著單衣寒食後，夜來還是東風惡。對空山寂寂杜鵑啼，梨花落。傷別恨，閒情作；十載事，驚如昨！向花前月下，共誰行樂？飛蓋低迷南苑路，湔裙悵望東城約。但老來顦顇惜春心，年年覺。」

「醉紅宿翠，髻嚲烏雲墮。管是夜來不睡？那更今朝早起？春風滿搦腰支，堦前小立多時。恰恨一番春風，想應濕透鞋兒。」（毛幵爲郡，見一婦人陳牒立雨中作清平樂）

「簾幕燕雙飛，春向人歸，東風惻惻雨霏霏。水滿西池花滿地，追惜芳菲。回首昔遊非，別夢依稀。一成春瘦不勝衣。無限樓前傷遠意，芳草斜暉。」（浪淘沙）

這樣悠淡而清蔚的小詞，在南宋詞裏面也是很稀罕的。

楊炎正　字濟翁，（或誤正爲止，六十家詞選誤楊炎爲姓名，止濟翁爲號。）廬陵人。老年登第。他與辛棄疾楊萬里爲時友。他很仰慕稼軒的氣概，集中多壽稼軒詞。他自己也是稼軒的懷抱，是一無名的愛國志士。你看他的詞裏面的表現「……忽醒然，成感慨，望神州，可憐報國無路，空白一分頭。都把平生意氣，只做如今顦顇，歲晚若爲謀。此意仗江月，分付與沙鷗。」（水調歌登多景樓）壯志未達，此身已老，故有「英雄事千古意，一憑欄，惜今老矣」的感慨。他的詞大都是清新俊逸，與稼軒詞頗形相似，雖排蕩之氣，比不上稼軒的英發，而不愛旖旎故作情態，不作婦人女子的肉麻語，在披靡成風的南宋詞人裏面，楊炎正確要算是能夠振拔的。末了舉他的一首小詞作例子：

「思歸時節，乍寒天氣，總是離人愁緒。夜來無奈被西風，更吹做一簾風雨。征衫拂淚，欄干倚醉，羞對黃花無語。寄書除是雁來時，又只恐書成雁去。」（鵲橋仙）

向子諲 字伯恭，號薌林居士，（公元一〇八五年——一一五二年）相家子，欽聖憲肅皇后的從姪。他雖然做了比較大的官職——徽猷閣直學士——但他却不是無聊的政客，很忠直而清廉，負一時的名望。他雖然也是文人，但他却不是過文人那種單調的名士風流的生活。他曾經在金兵圍困着的城裏指揮士卒死守很久。他曾在亂軍中逃走，幾乎被殺。因爲他的生活繁複，所以他的詞也不是平常文人那種消閑詞。我們如其把子諲的酒邊詞分析一下，顯然可以分出兩個階段來。卷下的江北舊詞，是文人消閑詞；卷上的江南新詞，是有生活感慨的詞。我們先看他在江北時，那時中原無故，汴京繁華，在這種生活裏的向子誙，也只是做了一晌繁華夢，他的詞還只是些「會是襄王夢裏仙，嬌癡恰恰破瓜年，芳心已解品朱絃，」「取醉歸來因一笑，惱人深處是橫波，酒醒情味却知麼？」和「天機畔，雲錦亂，思無窮，路隔銀河，猶解嫁西風」的豔詞。及到了二帝被虜，兩京陷落，國破家亡，倉皇南渡。這時，子誙才捲入實際痛苦生活裏去，經過這種生活的梳洗，才是子誙詞最後的成功，變華豔的小詞為豪放的長調。如洞仙歌詠中秋的詞：

「碧天如水，一洗秋容淨，何處飛來大明鏡？誰道斫却桂，應更光輝，無遺照，寫出山河倒影。人猶苦餘熱，肺腑生塵，移我超然到三境。問嫦娥，緣底事，有盈虧？煩玉斧運風重整，教夜夜人世十分圓，待拚却長年醉了還醒。」（洞仙歌）

胡寅酒邊詞序云「薌林居士，步趨蘇堂，而嚌其胾者也。」讀了他的洞仙歌詠中秋詞，便知道酒邊詞是受蘇詞的影響的產物了。

十五　詞人姜白石

嵩廬師言：「詞中之有白石，猶文中之有昌黎也。」宋翔鳳言：「詞家之有姜石帚，猶詩家之有杜少陵。」我們看了這兩段話，姑無論其是否忠實的批評，而這位最惹世人賞讚的詞人姜白石，至少也引起了我願意知道他的生平及文藝的興趣。

白石在當代雖然詞名很大，但宋史無傳，幸而他自己遺傳下來的詞，多有自敍，現在綜輯各書所載，略考見他的生平。

姜夔字堯章鄱陽人。（或作德興）生於紹興初年，死約在慶元末年。幼時，隨他的父親官於古沔，居古沔甚久。學詩於蕭千巖，因寓吳興，與白石洞天為鄰，自號白石道人，又號石帚。曾上書乞正太常雅樂，後因秦檜當國，即穩居箬坑之千山不仕，嘯傲於山水，往來湖湘淮左，與范石湖楊萬里諸人吟咏酬唱。誠齋常寄以詩稱為詩壇的先鋒，可見白石負一時的詩譽了。他的詞更有時名，因為精通音律和樂理，所以嘗作自度腔，如暗香疏影便是白石造的新曲。自敘詩云：「自喜新詞韻最嬌，小紅低唱我吹簫……」小紅是范石湖送給白石的妾，有色藝。白石每製新詞，即自吹簫，小紅輒歌而和之。這時白石已經很不年輕了，遨遊江南諸勝地，以娛晚年。不久，以疾卒於蘇州，葬西馬塍。石湖挽以詩云，「所幸小紅方嫁了，不然啼損馬塍花。」當我們讀了白石最後的傑作齊天樂詞時，覺冷風苦雨，情緒淒然！這位極享盛名的詞人便這樣絕筆而逝世了。

白石的著作很多，有絳帖平、大樂議、琴瑟考、讀書譜、集古印譜、遺事集諸書，但是他遺留下來的歌詞，便只剩數十幾篇了，集為白石道人歌曲四卷，皆註律呂於字傍，或記拍於字傍，尚可考見宋人歌詞之法。但此種歌曲在宋時已不必能歌，（劉後村謂白石滿江紅一闋甚佳，惟無人能歌之者，）後人更莫辨其然了。所以我們對於白石道人的歌曲也只能論到他在文學上的意義。

白石的自度腔暗香疏影，是被稱為「前無古人，後無來者」的絕唱，且看他這兩首詞：

「舊時月色，算幾番照我，梅邊吹笛?喚起玉人，不管清寒與攀摘。何遜而今漸老，都忘却春風詞筆。但怪得竹外疏花，香冷入瑤席。江國正寂寂，歎寄與路遙，夜雪初積。翠樽易泣，紅萼無言耿相憶。長記曾攜手處，千樹壓西湖寒碧。又片片吹盡也，幾時見得?」（暗香石湖詠梅）

「苔枝綴玉，有翠禽小小，枝上同宿。客裏相逢，籬角黃昏，無言自倚修竹。昭君不慣胡沙遠，但暗憶江南江北。想佩環月夜歸來，化作此花幽獨。猶記深宮舊事，那人正睡裏，飛近蛾綠。莫似春風，不管盈盈，早與安排金屋。還敎一片隨波去，又却怨玉龍哀曲。等恁時重覓幽香，已入小窗橫幅。」（疏影）

由這兩首詞，我們可以知道白石詞的幾個要點。第一，白石詞的格調是很高的，誠如王國維所言：「古今詞人格調之高，莫如白石。」因爲白石詞主清空，清空則古雅峭拔，故格調甚高。第二，白石詞用典用事是很巧妙的，如「猶記深宮舊事，那人正睡裏，飛近蛾綠，」用壽陽事；又云「昭君不慣胡沙遠，但憶江南江北，想佩環月下歸來，化作此花幽獨，」用少陵詩，皆「用事不爲所使。」（張叔夏語）可是因爲白石詞的格調很高，用事巧妙，所以第三，描寫不深入，不逼眞。因爲白石詞太主清空，便不落實際，不入具體，如暗香疏影沒有一句道着梅花，專賣弄很巧妙的代名詞，堆砌成詞，卽算格調甚高，亦如霧裏看花一樣，不能捉住眞實的具體，這是白石詞的大缺點。但白石在創作上獲有最大的便利，就是他深通樂理音律。他作詞「初率意爲長短句，然後協以律，」（長亭怨慢自跋）不必塡譜倚聲以製詞，以此白石作詞有十分的自由，故能如

「野雪孤飛，去留無跡。」再舉幾首詞作例：

「漸吹盡枝頭香絮，是處人家，綠深門戶。遠浦縈迴，暮帆零亂向何許？閱人多矣，誰得似長亭樹？樹若有情時，不會得靑靑如此！日暮，望高城不見，只見亂山無數。韋郎去也，怎忘得玉環分付：第一是早早歸來，怕紅萼無人爲主。算空有并刀，難剪離愁千縷！」（長亭怨慢）

「雙槳來時，有人似舊曲桃根桃葉。歌扇輕約飛花，蛾眉正奇絕。春漸遠，汀州自綠，更添了幾聲啼鴂。十里揚州，三生杜牧，前事休說！又還是宮燭分煙，奈愁裏匆匆換時節。都把一襟芳思，與空階榆莢；千萬縷，藏鴉細柳，爲玉尊起舞回雪。想見西出陽關，故人初別。」（琵琶仙）

「燕雁無心，太湖西畔隨雲去。數峰淸苦，商略黃昏雨。第四橋邊，擬共天隨住。今何許？凭欄懷古，殘柳參差舞！」（點絳唇丁未過吳興作）

「又正是春歸，細柳暗黃千縷。暮鴉啼處，夢逐金鞍去。一點芳心休訴，琵琶解語。」（醉南吟小品）

此外如柳州慢「……二十四橋仍在，波心蕩，冷月無聲……」，不但格調超絕，並且極故國山河之感。齊天樂「……西窗又吹暗雨，爲誰頻斷續？……」眞堪催人墮淚。這都是白石的傑作，因在前面宋詞概觀（下）已舉例，這裏不重引了。

講到白石詞的批評，我們知道白石的詞，在當時是極負盛譽的，同時代的詞人也沒有不推重他的詞，如黃昇云：「白石詞極精妙，不減清眞，高處有美成所不能。」張叔夏則對於姜詞，幾乎首首稱讚，謂：「讀之使人神情飛越。」姜詞這末負一時代之盛名，其影響自然也極大了。朱竹垞說：「詞莫善於姜夔，宗之者張輯、盧祖皐、史達祖、吳文英、蔣捷、王沂孫、張炎、周密、陳允平、張翥、楊基，皆具夔之一體，基之後得其門者寡矣。」姜詞竟生這樣大的影響，自是很可驚異的。我想白石既通音律，復以典雅詞相號召，自最容易博得一般文人的同情，而生出偉大的效果。若只就詞而論，除了格調高曠，音律和諧以外，論意境，論描寫，姜詞也不值得怎樣的受我們稱道吧。

十六　姜派的詞人

——史達祖、高觀國、蔣捷——

我們知道南宋詞有兩個宗派：一派宗辛棄疾，愛作白話的豪放的詞；一派宗姜白石，愛作古典的婉約的詞。關於辛派的詞人，已經在上面敍述過，現在要敍到姜派的詞人來了。先從史達祖、高觀國、蔣捷三人說起。

史、蔣、高都是南宋中葉的詞人，我們雖不敢說他們是姜白石詞的模擬者，但他們都是同站在姜派的古典主義旗幟之下，大創作其古典的雅詞。細密說來，他們的詞固然未嘗沒有自己的風格體裁，不會與異己全同；就大體上說，他們都受了白石詞的影響，而受影響最大的要算史達祖。

史達祖、字邦卿，號梅溪，汴人。生約當紹興末年，死於開禧丁卯年，（公元一二〇七年）。少舉進士不第，依韓侂胄爲掾吏，奉行文字，擬帖撰旨，俱出其手。曾隨使金。後侂胄伏誅，邦卿亦被黥。綜觀邦卿的生平，實無可述之點，如其承認文學是生活人格的表現的話，那末周介存謂「梅溪喜用『偸』字，品格便不高」更足以助證我們對於梅溪個性的了解了。

現在我們最好撇開邦卿的品格上的批評來談他的詞。我們知道邦卿是優於咏物的，張玉田最推崇他的東風第一枝（詠雪），雙雙燕（詠燕），謂其「全章精粹，不留滯於物」。錄其詞如下：

「巧沁蘭心，偸黏草甲，東風欲障新暖。漫凝碧瓦難留，信知暮寒較淺。行天入鏡，做弄出輕鬆纖軟。料故園不捲重簾，誤了乍來雙燕。青未了，柳回白眼；紅欲斷，杏開素面。舊盟憶着山陰，後遊遂妨上苑。薰爐重熨，便放慢春衫針線。怕鳳靴挑菜歸來，萬一灞橋相見」。（東風第一枝詠雪）

「過春社了，度簾幕中間，去年塵冷。差池欲住，試入舊巢相並。還相雕梁藻井，又輭語商量不定。飄然快拂花梢，翠尾分開紅影。芳徑，芹泥雨潤。愛貼地爭飛，競誇輕俊。紅樓歸晚，看足柳昏花暝。應自棲香正穩；便忘了天涯芳信。愁損翠黛雙蛾，日日畫欄獨凭」。（雙雙燕詠燕）

從來詠物的詞，以蘇東坡的水龍吟咏楊花爲最著，但邦卿的詠物詞，乃是從姜白石的暗香疎影（咏梅），齊天樂（詠蟋蟀）得來。世以白石梅溪並稱，若論格調，則梅溪不免卑下，不及白石之高曠；若論才華，則白石不如梅溪之豔麗。不嫌，再舉邦卿幾首豔詞作例：

「似紅如白，含芳信，錦宮外，煙輕雨細，燕子不知愁，鷩墮黃昏淚。燭花偏在紅簾底，想人怕春寒，正睡夢著玉環嬌；又被東風醉。」（海棠春令）

「春愁遠，春夢亂，鳳釵一股輕塵滿。江煙白，江波碧，柳戶清明，燕簾寒食，憶憶憶！鶯聲晚，簫聲短，落花不許春拘管。新相識，休相失，翠陌吹衣，畫樓橫笛，得得得！」（釵頭鳳寒食飲綠亭）

「人若梅嬌，正愁橫斷塢，夢繞谿橋。倚風融漢粉，坐月怨秦簫。相思因甚到纖腰？定知我今無魂可銷。佳期晚，漫幾度淚痕相照。人悄天渺渺，花外語香，時透郎懷抱。暗握荑苗，乍嘗櫻顆，猶恨侵堦芳草。天念王昌忒多情，換巢鸞鳳教偕老。溫柔鄉，醉芙蓉一帳春曉。」（換巢鸞鳳）

對於梅溪詞，白石有評云：「奇秀清逸，有李長吉之韻，蓋能融情景於一家，會句意於兩得。」張滋評云：「奪苕豔於春景，起悲音於商素，有瓌奇警邁清新閒婉之長，而無施蕩汚淫之失，端可以分鑣清眞，平睨方回；而紛紛三變輩幾不足比數！……」這樣的批評，未免太誇張了。李長吉是詛咒社會，孤高自賞的天性殉情主義者，自然不是沈溺富貴繁華的邦卿詞所能企及；即柳三變的苦悶情調之表現，也不是邦卿所能比擬。邦卿之擅長詠物，不過與康與之輩善於鋪敍，爭伯仲耳。往下我們要講與史邦卿齊名的高觀國。

高觀國、字賓王，山陰人，有竹屋癡話一卷。提要說：「詞自鄱陽姜夔句琢字鍊，始歸醇雅；而達祖、觀國為之羽翼。」可見觀國亦姜派的健將。他與史梅溪的唱和詞極多，但他的作風却絕不與梅溪相同。從竹屋癡話裏面舉幾首詞來作例：

「綠叢飜菊點嬌黃，過重陽，轉愁傷。風急天高，歸雁不成行。此去郎邊知近遠？秋水闊，碧天長。郎心如妾妾如郎，兩離腸，一思量。春到春愁，秋色亦淒涼。近得新詞知怨妾，無訴泣蘭房！」（江城子代作）

「霽煙消處寒猶嫩，乍門巷悄悄，晝永池塘。芳草魂初醒，秀句吟春未穩。仙源阻，春風瘦損，又燕子來無芳信。小桃也自知人恨，滿面羞難問！」（杏花天春愁）

「晚雲知有關山念，澄霄卷開新霽。素影中分，冰盤正溢，何啻嬋娟千里。危欄靜倚，正玉管吹涼，翠觴留醉。記約清吟，錦袍初喚醉魂起。孤光天地共影，浩歌誰與舞？淒涼風味。古驛煙寒，幽垣夢冷，應念秦樓十二。歸心對此，想斗插天南，雁橫遼水。試問姮娥，有於愁誰與寄？」（齊天樂中秋夜懷梅溪）

「春風吹綠湖邊草，春光依舊湖邊道。玉勒錦障泥，少年遊冶時。煙明花似繡，且醉旗亭酒。斜日照花西，歸鴉花外啼！」（菩薩蠻）

這些詞都是竹屋癡語裏面最好的詞例。陳造序說：「竹屋、梅溪詞要是不經人道語，其妙處少游、美成不及也。」張炎說：「梅溪竹屋格調不凡，句法挺異，俱能特立清新之意，删削靡曼之詞，自成一家。」如其我們拿竹屋來比梅溪，自然俱是曼豔的詞，但是梅溪的描寫，比竹屋活潑些，而竹屋的格調則比梅溪高些，古典的氣味少些。

○　○　○

蔣捷、捷是宋末時的人，字勝欲，宜興人。（或作陽羨）德祐進士。自號竹山。宋亡之後，遁跡不仕。有竹山詞一卷。竹山有一首很可以表明竹山一生生活的變遷：

「少年聽雨歌樓上，紅燭昏羅帳；壯年聽雨客舟中，江闊雲低斷雁叫西風。而今聽雨僧廬下，鬢已星星也；悲歡離合總無情，一任階前點滴到天明。」（虞美人聽雨）

竹山的詞，有人說傚辛棄疾。宋四家詞選也把竹山列在辛詞附錄之下。竹山詞裏面有一首水龍吟招落梅魂，係傚稼軒體，這是很值得注意的。但竹山之傚稼軒只模仿他壞的一方面，如沁園春：「老子平生辛勤幾年，始有此廬也……」；「鬢邊白髮紛如，又何苦招賓拿客歟」；「甚矣君狂矣！想胸中些兒塊澆不去，據我看來何所似？一似韓家五鬼，又一似楊家風子……」（賀新涼）；「……休休著甚硬鐵！從來氣食牛。但只有千篇好詩好曲，都無半點閑悶閑愁。自古嬌波溺人多矣，試問還能溺我否？高抬眼，看牽絲傀儡，誰弄誰收？」這是很酸腐的詞，不是竹山的本色詞。竹山的本色詞，還是屬於姜派。他的詞雖有人說他粗俗，却也有典雅的，如高陽台送翠英詞：

「燕捲晴絲，蜂黏落絮，天教綰住閑愁。閑裏清明，忽忽粉澀紅羞。燈搖縹暈茸窗冷，語未闌，娥影分收。好傷情，春也難留，人也難留。芳塵滿目總悠悠，問紫雲珮響，還繞誰樓？別灑纔斟，從前心事都休。飛鶯縱有風吹轉，奈舊家苑已成秋。莫思量，楊柳灣西，且櫂吟舟。」

他的詞也有很婉秀的，如一剪梅舟過吳江：

「一片春愁待酒澆，江上舟搖，樓上簾招，秋娘度與泰娘嬌，風又飄飄，雨又瀟瀟。何日歸家洗客袍，銀字笙調，心字香燒。流水容易把人拋，紅了櫻桃，綠了芭蕉。」（竹山詞集裏面有行香子調詞與此詞相類）

他的詞也有很高雅的，如江城梅花引荊溪阻雪詞，今且引賀新涼秋曉的後半闋作例

「……五湖有客扁舟艤，怕羣仙重遊到此，翠旌難駐。手拍闌干呼白鷺，為我殷勤寄語；奈鷺也驚飛沙渚。星月一天雲萬壑，覽茫茫宇宙知何處？鼓雙楫，浩歌去。」

他的詞也有很綺麗的，如解珮令詠春詞：

「春晴也好，春陰也好，著些兒春雨越好。春雨如絲，繡出花枝紅裊，怎禁他孟婆合皂？梅花風小，杏花風小，海棠風驀地寒峭。歲歲春光，被二十四風吹老。楝花風，爾且慢到！」

竹山的描寫手段也是不錯，他的詠物詞，不下於史梅溪，如洞仙歌詠柳的前半闋：「枝枝葉葉，受東風調弄，便是鶯穿也微動。自鵝黃千縷，數到飛綿，閑無事，誰迎送？……」再舉竹山一首描寫春日的愁緒詞，更

可見他的描寫能力，虞美人梳樓同：

「絲絲楊柳絲絲雨，春在溟濛處，樓兒特小不藏愁，幾度和雲飛去覓歸舟。天憐客子鄉關遠，借與花消遣；海棠紅近綠闌干，纔卷朱簾却又晚風寒。」

再舉一首詞例，如霜天曉角折花。

「人影窗紗，是誰來折花？折則從他折去，知折去向誰家？簷牙枝最佳，折時高折些。說與折花人道，須插向鬢邊斜。」

毛晉稱竹山詞云：「語語纖巧，眞世說靡也；字字妍倩，眞六朝隃也。」提要亦稱：「其詞鍊字精深，調音諧暢，爲倚聲之榘矱」。謂竹山纖麗誠然不錯，但據我看來，竹山的小詞有李淸照之婉秀；長調有姜白石的典雅；至於稼軒，則竹山係學稼軒而未能者也。

十七　詞人吳文英

吳文英字君時，號夢窗，四明人，生於孝宗隆興年間，卒於淳祐十一年（公元一二五一年）。詞集有夢窗稿甲乙丙丁四卷，在宋詞人中保存下來的詞料，要算夢窗最爲豐富了。夢窗是被稱爲古典派裏面很有名的一個作家，後人對於他的詞的批判很不一致。恭維他的呢，說是求之於宋人詞中，北宋只有淸眞，南宋只有夢窗，（尹惟曉語）這種批評自然是不忠實的，周淸眞在北宋已不能算是傑出的作家，南宋到了吳夢窗則已經是詞的刼運到了。又有人說：「詞家之有吳文英，亦如詩家之有李商隱」（紀昀語），這也是耳食之論。唐詩至李商隱別開生面，創立新的體裁與風格，造成晚唐詩之新趨向，遠非在詞域裏面沒有新成就的吳夢窗所能比擬的。至於攻擊夢窗如張玉田之言：「夢窗詞如七寶樓台，炫人眼目，折碎下來，不成片段，」這原來是一般舊文人的通病。平心而論，吳夢窗雖是顯著的古典派，但他的詞也不只限於雕琢與堆砌，也有描寫活潑的作品，也有用白話創作的詞，雖說是不純的。舉幾個例：

「何處合成愁？離人心上秋！縱芭蕉不雨也颼颼。都道晚涼天氣好，有明月，怕登樓。年事夢中休，花空煙水流。燕辭歸客尚淹留。垂柳不縈裙帶住，謾長是繫行舟。」（唐多令）

「燈火雨中船，客思綿綿。離亭春草又秋煙，似與輕鷗盟未了，來去年年。往事一潸然，莫過西園。凌波香斷綠苔錢。燕子不知春事改，時立鞦韆。」（浪淘沙）

「枝裊一痕雪在，葉藏幾豆春濃。玉奴最晚嫁東風，來結梨花幽夢。香力添薰羅被，瘦肌猶怯冰綃。綠陰靑子老溪橋，羞見東鄰嬌小。」（西江月青梅枝上晚花）

「迷蝶無踪曉夢沉，寒香深閉小庭心。欲知湖上春多少，但看樓前柳淺深。愁自遣，酒孤斟，一簾芳景燕同吟。杏花宜帶斜陽看，幾陣東風晚又陰！」（思嘉客）

夢窗這一類的詞，完全脫下了古典的衣裳，成功很清蔚的小詞，只惜這種詞在夢窗四稿裏面只佔百分之三四的統計，未免大稀少了。

夢窗的詞，大半是作於淳祐間的，那時夢窗已經很老了，故所作詞多經歷感慨之語，如鶯啼序一詞，便是追想當年，哀感今朝的自敍詩，長至二百餘字，雖不免隸事粉飾之處，要爲一首有聲色有內容的作品，今錄其詞於下：

「殘寒正欺病酒，掩沈香繡戶。燕來晚，飛入西城，似說春事遲暮。畫船載清明過却，晴煙冉冉吳宮樹。念羈情，遊蕩隨風，化爲輕絮。十載西湖，傍柳繫馬，趁嬌塵輭霧。遡紅漸招入仙溪，錦兒偸寄幽素。倚銀屏，春寬夢窄；斷紅濕，歌紈金縷。暝堤空，輕把斜陽，總還鷗鷺。幽蘭旋老，杜若還生，水鄉尙寄旅。別後訪六橋無信，事往花委，瘞玉埋香，幾番風雨。長波妬盼，遙山羞黛。漁燈分影春江宿，記當時短楫桃根度，青樓彷彿。臨分敗壁題詩，淚墨慘淡塵土。危亭望極，草色天涯，歎鬢侵半苧。暗點檢，離痕歡唾，尙染鮫綃，嚲鳳迷歸，破鸞慵舞。殷勤待寫，書中長恨，藍霞遼海沈過雁，漫相思，彈入哀箏柱。傷心千里江南，怨曲重招，斷魂在否？」

夢窗詞有最大的一個缺點，就是太講究用事，太講求字面了。這種缺點，本也是宋詞人的通病，但以夢窗陷溺最深。唯其專在用事與字面上講求，不注意詞的全部的脈絡，縱然字面修飾得很好看，字句運用得很巧妙，也還不過是一些破碎的美麗辭句，決不能成功整個的情緒之流的文藝作品。此所以夢窗受玉田

「夢窗如七寶樓台，炫人眼目，折下來不成片段」之譏也。

夢窗的作詞，雖宗白石，在他詞裏面雖也多贈白石懷憶白石的詞，然而在實際上夢窗與白石作詞絕不同調。白石格調之高，可從他的性情孤傲，恥列身於秦檜當權之下的朝廷看得出來；夢窗之生平，雖疎缺無聞，而從他那些壽賈似道諸詞看來，品格殆遠不及白石，詞品亦因之斯下矣。介存評夢窗說：「夢窗詞之佳者，天光雲影，搖蕩綠波，撫玩無斁，追尋已遠」。這是評白石不是評夢窗。周濟選四家詞，列夢窗爲四家之一，與周邦彥、辛棄疾、王沂孫合爲四家，以領袖一系統，並稱「夢窗奇思壯采，騰天潛淵，返南宋之清泚，爲北宋之濃摯」。這眞是誇張而又誇張了。夢窗詞本缺乏「奇思」，更無「壯采」；那裏能够騰天潛淵呢？至謂「返南宋之清泚，爲北宋之濃摯」不過表明夢窗只是一位復古的典雅派詞人而已。

十八　晚宋詞家

——王沂孫與張炎——

這是晚宋的兩位詞家了。

王沂孫字聖與，號碧山，又號中仙，會稽人。他的生平，已不可考，宋亡後落拓以終。有碧山樂府二卷，又名花外集。

張炎字叔夏，號玉田，又號樂笑翁。本西秦人，家臨安。生於宋淳祐戊申，（公元一二四八年）宋亡後，潛跡不仕，縱遊西浙名勝以終卒年約在元大德間。平生工為長短句，以春水詞得名，世號為張春水；又因解連環詞號張孤雁。詞集有山中白雲詞八卷。

我們知道詞到了宋末已經變成「靡靡之音」了，不但北宋風流渡江已絕，卽南渡詞人風韻，亦已蕩然。論者謂南宋末造，元人鯨吞中國之勢已成，節節南侵，當此外侮日亟國家多難的時候，這些文人學士們乃酣醉於象牙之塔，高唱他們的靡豔的歌詞，上下交習於此，元兵已經臨到城下了，還不知道國家那得不亡呢？我則以為先有了這種時代的頹廢狀態，才從文學上表現出靡靡之音來，我們試讀碧山和玉田的詞，那正是宋末時代心理的反映了。碧山的詞：

「思飄飄，擁仙姝獨步，明月照倉翹花候猶遲，庭陰不掃，門掩山意蕭條。抱芳恨，佳人分薄，似未許芳魄化春嬌。雨濕風慳，霧輕波細，湘夢迢迢。誰伴碧樽雕俎，喚瓊肌皎皎，綠髮蕭蕭。靑鳳啼空，玉龍舞夜，遙盼河漢光搖。來須賦疏影，淡香且同倚枯蘚，聽吹簫。聽久，餘音欲絕，寒透鮫綃。」（一萼紅石屋探梅作）

「小窗銀燭，輕鬟半擁，釵橫玉。數聲春調淸眞曲，拂拂朱衣，殘影亂紅，撲雲楊學畫蛾眉綠，年年芳草迷金谷。如今休把佳期卜，一掬春情，斜月杏花屋。」（醉落魄）

張玉田的詞如聲聲慢（與王碧山泛舟鑑曲）

「晴光轉樹，曉氣分嵐，何人野渡橫舟。斷柳枯蟬，涼意正滿西州。匆匆載花載酒，便無情也自風流。芳晝短，奈不堪深夜秉燭來遊。誰識山中朝暮，向白雲一笑，今古無愁。散髮吟商，此興萬古悠悠。淸狂未應似我，倚高寒隔水呼鷗。須待月，許多情，都付與秋。」

國家要亡了，還在那兒「忽忽載花載酒，便無情也是風流。芳晝短，奈不堪深夜秉燭來遊，」「向白雲一笑今古無愁」，文人如此，一般的貴族生活者都如此，這自然是亡國的象徵了。如其碧山玉田的詞，只是限於這種享樂的表現，也就值不得我們怎樣來敘述吧。不幸國家破亡，打破他們的貴族享樂的迷夢；而故宮離黍，錦繡山河，處處給與這些詞人的感懷和追戀，借詞的形式抒發出來，於是這兩位詞人才有了他們文學上的新生命。

先講碧山吧。碧山詞爲世人所稱許的，完全是亡國以後的哀音。周介存說：「中仙最多故國之感，故着力不多，天分高絕，所謂意能尊體者也。」平常均稱碧山以恬淡見長，雖亡國之痛，亦能淡恬地表現出來。其實南宋亡時，碧山已經很老了，以一個志氣衰頹了的老人，縱極遭哀痛，亦不能喚起緊張奮激的情緒，只有容忍的消殘的哀音詞例：

「一襟餘恨宮魂斷，年年翠陰庭樹。乍咽涼柯，還移暗葉，重把離愁深訴。西窗過雨，怪瑤珮流空，玉箏調柱。鏡暗妝殘，爲誰嬌鬢尙如許？銅仙鉛淚似洗，歎移盤去遠，難貯零露。病翼經秋，枯形閱世，消得斜陽幾度？餘音更苦，甚獨抱淸商，頓成淒楚！謾想薰風，柳絲千萬縷。」（齊天樂詠蟬）

「柳下碧粼粼，認麴塵乍生色嫩如染。清溜滿銀塘，東風細，參差縠紋初遍。別君南浦翠眉曾照波痕淺。再來漲綠迷舊處，添却殘紅幾片。蒲桃過雨新痕正拍拍輕鷗翩翩小燕。簾影蘸樓陰，芳流去，應有淚珠千點。滄浪一舸，斷魂重唱蘋花怨。采香幽涇鴛鴦睡，誰道湔裙人遠。」（南浦詠春水）

周濟評碧山樂府：「碧山胸次恬淡，故黍離麥秀之感，只以唱歎出之，無劍拔弩怯習氣。」實在碧山正缺的一點劍拔弩怯氣，所以哀感的表現沒有力量。

說到玉田，當南宋覆滅時，玉田正當青年，受亡國的刺激，所作詞「往往蒼涼激楚，即景抒情，備寫其身世盛衰之感，非徒以剪紅刻翠爲工」。也看他的詞：

「萬里孤雲清遊漸遠故人何處？寒窗裏，猶記經引舊時路，連昌約略無多柳，第一是難聽夜雨，謾驚回淒悄，相看燭影擁衾誰語？張緒歸何暮伴冷落依依短橋鷗鷺天涯倦旅，此時心事良苦只愁重灑西州淚，問杜曲人家在否？恐翠袖正天寒，又倚寒梅那樹。」（月下笛孤遊萬山有感）

「十年舊事番疑夢，重逢可憐俱老！水國春空山城歲晚無語相見一笑，荷衣換了，任京洛塵沙，冷凝風帽，見說吟情近來不到謝池草。歡遊曾步翠窈，亂紅迷紫曲芳意今少？舞扇招香，歌橈喚玉，猶憶錢塘蘇小。無端暗惱，又幾度留連燕昏鶯曉。回首妝樓，甚時重去好？」（台城路庚辰秋九月之北，遇汪菊波，因賦此詞）

一九二

「楚江空晚，悵離羣萬里，恍然驚散，自顧影欲下寒塘。正沙淨草枯，水平天遠；寫不成書，只寄得相思一點。歎因循誤了，殘氈擁雪，故人心眼。誰憐旅愁荏苒，謾長門夜悄，錦箏彈怨，想伴侶猶宿蘆花，也曾念春前，去程應轉。暮雨相呼，怕驀地玉關重見。未差他雙燕歸來，畫簾半捲。」（解連環孤雁）

其次如高修台西湖春感：「……東風且伴薔薇住，到薔薇春已堪憐，更悽然萬綠西冷，一抹荒煙，」更極淒涼婉轉之意，不堪卒讀了。

玉田作詞，專宗白石而排斥夢窗。但實際上玉田却並不是白石的衣鉢弟子——論到格調上來，玉田與白石不知要相差若干遠——他受夢窗的影響，恐怕比受白石的影響還要多些。他作一部詞源，（或名樂府指迷誤）專講詞的作法，講求字面、用事、句法、虛字、淸空……崇尙雕琢典雅，在作法上轉來轉去。玉田便是照着他這種作法去作詞，故雖粉飾工麗，究不能成爲大家。所以周介存批評他說：「叔夏所以不及前人處，只在字句上着功夫，不肯換意；若其用意佳者，卽字字珠輝玉映，不可指摘。」接着還有更嚴厲的批評：「玉田才本不高，專恃磨礱雕琢，裝頭作脚，處處妥當，後人翕然宗之。然如南浦之賦春水，疏影之賦梅花，逐韻湊成，毫無脈絡，而戶誦不已，眞耳食也。」近人王國維氏有解頤之語：「玉田之詞，余取其詞中之一語評之曰：『玉老田荒』。」

十九　宋詞人補誌

王安石　字介甫，臨川人，（公元一〇二一年——公元一〇八六年）他是一個革新派的政治家，在政治史上很值得研究的。他在文學上的造詣，最擅長於詩歌，詞非所長，但他的詞也有極好的，如桂枝香金陵懷古（引見上篇）東坡歎爲野狐精，亦賞識其詞。有臨川集詞一卷。

張耒　字文潛，淮陰人，（公元一〇五二年——公元一一一二年）歷官起居舍人，後坐黨禁，謫黃州，終仕集英殿修撰。有宛丘集。耒爲蘇門四學士之一，無樂府傳世，僅見三首詞。其風流子云「亭臯木葉下，重陽近，又是搗衣秋。奈愁入庾腸，老侵潘鬢，謾簪黃菊，花也應羞。楚天晚，白蘋煙盡處，紅蓼水邊頭。芳草有情，夕陽無語；雁橫南浦，人倚西樓。玉容知安否？香箋共錦字，兩處悠悠。空恨碧雲離合，青鳥沉浮。向風前懊惱，芳心一點，寸眉兩葉，禁甚寒愁？情到不堪言處，分付東流！」此外文潛只有少年遊、秋蕊香二調，其詞的量數雖少，而詞的地位和價值，却不在元祐諸詞人之下。

葛勝仲　字魯卿，丹陽人，生於熙寧五年，元符三年中宏詞科，官至文華閣待制，知湖州，卒於紹興十四年。（公元一〇七二——公元一一四四年）有丹陽詞一卷。與葉夢得酬唱甚多。他的詞如：「秋晚寒齋，藜床香篆橫輕霧。閑愁幾許？夢逐芭蕉雨。雲外哀鴻，似替幽人語。歸不去，亂山無數，斜日荒城鼓。」（點絳唇）這是很深刻的描寫。他的兒子葛立方也是有名的詞人。

葛立方　字常之，官至吏部侍郎，所著韻語陽秋很有名，有歸愚詞一卷。詞如卜算子：「裊裊水芝紅，脈脈蒹葭浦。淅淅西風澹澹煙，幾點疎疎雨。草草展杯觴，對此盈盈女。葉葉紅衣當酒船，細細流霞舉。」草窗詞評謂用十八疊字，妙手無痕。四庫提要評立方的詞說：「其詞多平實鋪敍，少清新婉轉之意。然大致不失宋人風格。」

趙 鼎 字元鎮，號得全居士，解州聞喜人。累官至尚書左僕射同中書門下平章事，兼樞密史。有得全居士詞一卷。蝶戀花詞：「盡日東風吹綠樹，向晚輕寒，數點催花雨。年少淒涼天付與，更堪春思縈離緒。臨水高樓攜酒處，曾寄哀絃，歌斷黃金縷。樓下水流何處去？凭欄目送蒼煙暮。」可作他的詞的代表。黃叔暘評云：「趙公中興名相，詞章婉麗，不減花間。」

李 邴 字漢老，案州任城人。官拜參政事殿學士，卒於泉州。有雲龕草堂詞集。與汪藻樓鑰號為南宋三詞人，但以李邴為最著。其詞漢宮春最有名：「瀟灑江梅，向竹梢疎處，橫兩三枝。東風也不愛惜，雪壓霜欺。無情燕子，怕春寒，輕失花期。卻是有年年寒雁，歸來曾見開時。清淺小溪如練，問玉堂何似？茅舍疎籬。傷心故人去後，冷落新詩。微雲淡月，對孤芳分付他誰？空自憶，清香未減，風流不在人知。」這是賦梅花的半闋，不免用典，但總比姜白石的暗香疎影高明多了。

陳 克 字子高，臨海人。紹興中為勅令所刪定官，自號赤城居士，僑居金陵。有天台集。李庚跋云：「子高詩多情致，詞尤工。」菩薩蠻調詞云：「綠蕪牆遶青苔院，中庭日淡芭蕉卷。蝴蝶上階飛，風簾自在垂。玉鉤雙語燕寶甃揚花轉幾處簸錢聲，綠窗春夢輕。」子高的詞，清麗而不涉纖巧，周介存對於他有很好的批評：「子高詞不甚有重名，然格韻絕高，昔人謂晏周之流亞，晏氏父子俱非其敵；以方美成，則又擬於不倫，其溫韋高弟子乎？」（見論詞雜著）

周必大　字子允，一字宏道，廬陵人，（公元一一二六——公元一二〇四年），紹興二十一年中宏詞科，歷右丞相，卒贈大師，有近體樂府一卷，僅十二闋，點絳唇詞云：「秋夜乘槎，客星容到天孫渚，眼波微注，將謂牽牛渡。見了還非，重理霓裳舞。雖無誤，幾年一遇，莫訝周郎顧。」（贈歌者小瓊）

楊萬里　字廷秀，吉水人，官秘書監，因不肯作南國記，忤韓侂胄，不得志，有誠齋詞一卷，周益公有跋云：「……至於狀物姿態，寫人情意，則鋪敍纖悉，曲盡其妙。」例如好事近：「月未到誠齋，先到萬花川谷。不是誠齋無月，隔一庭修竹。如今才是十三夜，月色已如玉，未是春色奇絕，看十五十六。」續清言謂：「誠齋詞，爲曲子中縛不住者。」

韓元吉　字无咎，號南澗，許昌人，隆興間官吏部尚書，有芭蕉詞一卷，黃花菴云：「南澗名家文獻，政事文學，爲一代冠冕。」他的詞的例子，如霜天曉角：「倚天絕壁，直下江千尺，天際兩蛾橫黛，愁與恨，幾時極？暮潮風正急，酒闌聞塞笛，試問謫仙何處？青山外，遠煙碧。」（題采石娥眉亭）

曾　覿　字純甫，號海野老農，汴人，其爲人毫無足稱，與龍大淵朋比爲奸，名列宋史佞倖傳，爲談藝者所不齒、而才華富豔，實有可觀。有海野詞一卷。其詞云：「風蕭瑟，邯鄲古道傷行客；傷行客，繁華一瞬，不堪更憶。叢台歌舞無消息，金樽玉管空陳跡；空陳跡，連天草樹，暮雲凝碧。」（憶秦娥邯鄲道上）黃叔暘云：「純甫東都故老，故詞多感慨，淒然有黍離之感！」

韓玉 字溫甫，燕之東浦人。少讀書，尚節氣，官鳳翔府判，被誣死獄中。著有東浦詞一卷。常與辛棄疾，康與之相酬唱。毛晉謂其雖與康辛唱和，相去不止苧蘿無鹽，這未免過於詆毀了。溫甫的詞，不免有很俗的，也未嘗沒有好詞，如減字木蘭花：「香檀素手，緩理新詞來伴酒。音調淒涼，便是無情也斷腸。莫歌楊柳，記得渭城朝雨後。客路茫茫，幾度東風春草長。」其餘感皇恩、賀新涼都是好詞。

侯寘 字彥周，東武人，紹興中以直學士知建康。有嬾窟詞一卷。詞名不甚著，他的詞多半是和韻，次韻，再用韻，送餞某人，壽某人的應酬作品。只有幾首詞是由自己創作的，如菩薩蠻湖上卽事：「樓前曲浪歸橈急，樓中細雨春風濕。終日倚危欄，故人湖上山。高情渾似舊，只枉東陽瘦；薄晚去來休，裝成一段愁。」又風入松調西湖戲作：「少年心醉杜韋娘，曾格外疎狂。預約西湖上，共幽深竹院松莊。愁夜黛眉顰翠，惜歸羅帕分香。重來一夢繞湖塘，空煙水微茫。同心眼底無蘇小，記舊遊凝佇淒涼。入扇柳風，殘酒點衣，花雨殘陽。」這都是風流閑雅的小詞，眞是在「南宋諸家中，不能不推爲作者」。（紀昀語）

王安中 字履道，陽曲人。官中書舍人，授檢校太保，大名府尹，後貶象州。其爲人反覆炎涼，結納蔡攸輩，雖不足道但才華富豔，則不可掩。有初寮前後集五十卷，現只存一卷了。他的詞如蝶戀花：「千古銅台今莫問，流水浮雲，歌舞西陵近。煙柳有情開不盡，東風約定年年信。天與麟符行樂分，帶緩毬紋，雅晏催雲鬢。翠霧縈紆銷篆印，箏聲恰度秋鴻陣。」周益公序說：「黃、張、秦、晁既歿，系文統接墮緒，莫出公右。」這雖不能算誠實的批評，安中總算北宋末年一個有為的作者。

王千秋　字錫老，號審齋，東平人，（或稱為金陵人）。有審齋詞一卷。毛晉說他的詞，絕少綺豔之態，這不是忠實的話。審齋詞也有很綺豔的。現在我們舉他一首詞作例：「老去頻驚節物，醒來依舊江山。清明雨過杏花寒，紅紫芳菲何限！春病無人消遣，芳心有酒摧殘。此情拍手問欄干，為甚多愁我慣？」（西江月）其餘賀新涼，憶秦娥，點絳唇諸詞，都是很好的作品。我們不得不承認是南宋一作家。雖然他的詞為黃昇中興詞選所屏棄了的。

盧祖皐　字申之，又字次夔，號蒲江，永嘉人。嘉定間為軍器少監，權直學士院。有蒲江詞一卷。他的詞很纖雅，如烏夜啼詞云：「柳色津頭泫綠，桃花渡口啼紅。一春又負西湖醉，離恨雨聲中。客袂迢迢西塞，餘寒剪剪東風。誰家拂水西來燕，惆悵小樓空。」又如賀新涼諸調，則係很雄壯的。周介存對於他有一個極適當的批評：「蒲江小令，時有佳趣，長篇則枯寂無謂，蓋才少也。」

黃公度　字師憲，號知稼翁，莆田人。紹興年進士第一，仕至考功員外郎，年四十六。有知稼翁詞。洪邁評他的詞；「婉轉精麗。」曾豐云：「清而不激，和而不流。」試看他的詞青玉案：「鄰雞不管離懷苦，又還是催人去回首高城音信阻霜橋月館水村煙市總是思君處。裛殘別袖燕支雨，謾留得愁千縷。欲倩歸鴻分付與，鴻飛不住。倚欄無語獨立長天暮。」

洪咨夔 字舜俞，號平齋，於潛人。官刑部尚書。有平齋詞四十餘闋。毛晉跋以王岐公文多富貴氣擬之。紀昀則謂其淋漓激壯多抑塞磊落之感，頗有似稼軒龍洲者。其實咨夔的詞也有很清麗的，其眼兒媚詞云：「碧沙荒草渡頭村綠遍去年痕遊絲下上流鶯來往無限銷魂綺窗深靜人歸晚金鴨水沉溫海棠影下，子規聲裏立盡黃昏。」

趙長卿 自號仙源居士，南豐人。宋之宗室。有惜香樂府十卷。毛晉謂其「不棲志繁華，獨安心風雅，雖未足與南唐二主相伯仲，方之徽宗則迥出雲霄矣。」他的詞多係很好的白話，尤其是描寫愛情的作品極多，舉他一首小詞作例，如長相思：「斂愁眉恨依依腸斷關情怨別離。雲中過雁悲瘦因誰？病因誰？屈指無言忖後期此時人怎知！」長卿的詞因爲過重抒情的緣故，未免過涉纖豔，如惜香樂府卷八的柳梢青玉團兒諸詞。

趙彥端 字德莊，號介庵。宋之宗室。仕至左司郎官。有介庵詞一卷。嘗作謁金門詞，有「波底斜陽紅濕」之句，爲高宗所賞識，全詞的內容是：「休相憶明夜遠如今日。樓外綠煙村冪冪，花飛如許急。柳外往來船集，波底斜陽紅濕。送盡去雲成獨立，酒醒愁又入。」這也是很婉約纖穠的詞。他又替當時的京口角妓九人，作些肉麻的詞，可見彥端那時也是一位名士風流的詞人。

趙師使　一名師俠，字介之，南宋初時人。有坦庵詞一卷。毛晉謂其「生於金閨，捷於科第，故其詞多富貴氣。」舉他的一首詞作例吧，如謁金門：「沙畔路，記得舊時行處。藹藹疏煙迷遠樹，野航橫不渡。竹裏疎花梅吐，照眼一川鷗鷺。家在淸江江上住，水流愁不去。」尹覺坦庵詞序云：「其描寫體態，雖極精巧，者本性情之自然也。」提要又云：「今觀其集，蕭疎淡遠，不肯爲剪紅刻翠之文，洵詞中之高品；但微傷率易，是其所偏。」

沈端節　字約之，吳興人。曾令蕪湖，知衡州，官至朝散大夫。有克齋詞一卷，不過四十餘闋。例如江城子：「秋聲昨夜入梧桐，雨濛濛，灑牕風。短杵疎砧，將恨到簾櫳。歸夢未成心已遠，雲不斷，水無窮。有人應念水之東，鬢如蓬，理妝慵。覽鏡沈吟，膏沐爲誰容？多少相思多少事，都盡在不言中。」毛晉謂「克齋詞長於咏物寫景，殆梅溪竹屋之流歟！」

黃昇　字叔暘，號玉林，閩人。早年棄科舉，雅意讀書，吟咏自適。他曾經選過一冊散花菴詞選。有散花菴詞一卷。詞選序其詞「亦上逼少游，近摹白石。」例如賣花聲：「秋色滿層霄，剪剪寒飆，一襟殘照兩無聊。數盡歸鴉人不見，落木蕭蕭。往事欲魂消，夢想風標。春江綠漲水平橋，側帽停鞭沽酒處，柳軟鶯嬌。」

黃機　字幾仲，（或云幾叔）東陽人，嘗仕於州郡。有竹齋詩餘一卷。例如醜奴兒：「綺窗撥斷琵琶索，一一相思；一一相思，無限柔情說與誰？銀鈎欲寫回文曲，淚滿烏絲；淚滿烏絲，薄倖知他知不知？」幾仲的詞，雖然沒有被選入草堂集裏面去，他的白話詞却是很好的。

洪瑹　字叔璵，自號空同詞客，有空同詞一卷，僅十餘首。有人說他的詞不減周邦彥，例如謁金門：

「風共雨，摧盡亂紅飛絮，百計留春春不住，杜鵑聲更苦。細柳官河狹路，幾被嬋娟相誤，空憶隋隄遺扇處，碧窗眉語度。」（詠春曉）

石孝友　字次仲，南昌人，生平遭際不遇，以詞得名，有金谷遺音一卷。他的小詞有極好的，如卜算子：

「折得月中枝，坐惜春光老。及至歸來能幾時，又踏關山道。滿眼秋光好，相見須應早，若趁重陽不到家，只怕黃花笑。」這是很有樂府格調的詞，描寫愛情能够像眞，如惜奴嬌：「我已多情，更撞着多情的你。把一心十分向你盡。他們劣心腸偏有你，共你撇了人，只爲個你，宿世冤家，百忙裏方知你沒前程。阿誰似你壞却才名？到於今都因你，是你我也沒星兒恨你。」又如虞美人、鷓鴣天諸詞，那樣生活躍動的描寫，即山谷詞裏面也找難出來。有人說他的詞與竹山詞難分伯仲，這是實在的呢。

周紫芝　字少隱，宣城人，官樞密院編修，有竹坡詞三卷。詞例如清平樂：「煙鬟斂翠，柳下門初閉。門外一川風細細，沙上鳴禽飛起。今宵水畔樓邊，風光宛似當年，月到舊時明處，共誰同倚欄干？」紫芝自謂少時酷喜小晏詞，他的詞實在受晏叔原的影響不小。

蔡　伸　字仲道，莆田人，自號友古居士。歷官左中大夫。有友古詞一卷。其長相思詞：「我心堅，你心堅，各自心堅石也穿，誰言相見難？小窗前，月嬋娟，玉困花柔並枕眠。今宵人月圓。」毛晉謂：「伸才致筆力，與向子諲略相伯仲。」

周　密　字公瑾，自號草窗，又號弁陽嘯翁，又號蕭齋。與王碧山、張玉田同時。著述甚多，有詞蘋洲漁笛譜一卷。鷓鴣天詠清明詞：「燕子時時度翠簾，柳寒猶未透香棉。落花門巷家家雨，新火樓台處處煙。情默默，恨懨懨，東風吹動畫秋千。刺桐開盡鶯聲老，無奈春風祇醉眠。」四字令花間詞：「眉梢睡黃，春凝淚妝，玉屏水暖微香，聽蜂兒打窗。箏塵半床，綃痕半方，愁心欲訴垂楊，奈飛紅正忙。」公瑾詞也很受世人稱賞，有評云：「公瑾敲金戛玉，嚼雪盥花，新妙無與為匹。」

陳允平　字君衡，一字衡仲，號西麓，四明人。他的詞有日湖漁唱二卷。一落索詞云：「欲寄相思愁苦，倩紅流去，淚花寫不斷離懷，都化作無情雨。渺渺暮雲江樹，淡煙橫素；六橋飛絮夕陽西，盡總是春歸處。」唐多令詞：「休去採芙蓉，秋江煙水空，帶斜陽一片征鴻。欲頓閑愁無頓處，都聚在兩眉峰。心事寄題紅，畫橋流水東，斷腸人無奈秋濃！回首層樓歸去嬾，早新月掛梧桐。」後人評他的詞：「西麓和平婉麗，最合世好；但無健舉之筆，沈摯之思。」周介存並謂：「西麓疲輭凡庸，無有是處。書中有館閣書，西麓殆館閣詞也。」（論詞雜著）

附錄　詞的參考書舉要

(一) 總集之部

宋六十一名家詞（毛晉編）汲古閣本，上海博古齋石印本。

毛晉此編蒐集甚廣，但決不能說除這六十一詞家以外，宋詞便沒有名家。有些很有名的詞集，如王安石的半山老人詞，張先的子野詞，賀鑄的東山寓聲，范成大的石湖詞，楊萬里的誠齋樂府，王沂孫的碧山樂府，張炎的玉田詞，這些都沒有被毛晉蒐入宋名家詞裏面去。原來毛晉此編是「隨得隨雕，未嘗有所去取，」四庫提要已經說過了。至於校勘方面，毛晉雖然釐正了舊刻本上面不少的錯誤，仍然不是精本。

御定歷代詩餘（康熙編定）

此集蒐集亦甚宏富，共一百二十卷，內有詞人姓氏十卷，詞話十卷。

四印齋王氏所刻宋元人詞，（王鵬運刻）原刻本。

彊村叢書（朱祖謀刻）自刻本。

這是近人編刻最精的兩部詞總集，蒐刻了許多散佚了的名家，蒐刻了許多散佚的詞，那些被毛晉宋名家詞遺漏的作家，有許多蒐編入四印齋詞裏面去；那些被宋名家詞，四印齋詞遺佚的詞，彊村叢書又補編了不少。

（二）專集之部

南唐二主詞箋（李璟李煜）晨風閣叢書本。

陽春錄（馮延己）四印齋本。

浣花詞（韋莊）四部叢刊本。

樂章集（柳永），珠玉詞（晏殊），小山詞（晏幾道），醉翁琴趣（歐陽修），東坡詞（蘇軾），淮海詞（秦觀），片玉詞（周邦彥），漱玉詞（李清照），稼軒詞（辛棄疾），劍南詞（陸游），白石道人歌曲（姜夔），後村別調（劉克莊），梅溪詞（史邦卿），竹山詞（蔣捷）樵歌（朱希眞），碧山樂府（王沂孫），夢窗四稿（吳文英），山中白雲詞（張玉田）

上面那些詞人的詞集互見宋六十一名家詞、王氏四印齋所刻詞、彊村叢書裏面。

飲水詞（納蘭性德）粵雅堂本，鉛印本有正書局有飲水詞側帽詞合集。

樵風樂府（鄭文焯）原刻本。

憶雲詞（項鴻祚）通行本。

斷腸詞（朱淑貞）石印本。

（三）選集之部

花間集（趙崇祚）杭州官局本，石印本。

尊前集（彊村叢書中）。

唐宋諸賢絕妙詞選（黃昇）四部叢刊本。

樂府雅詞（曾慥）四部叢刊本。

唐五代詞選（馮煦）

宋六十一家詞選（馮煦）以上二書見蒙香室叢書。

宋七家詞選（戈載）通行本。

宋四家詞（周濟）湖南官局本，石印本。

草堂詩餘　汲古閣本

宋元名家詞　湖南局本　包括十五個作家的詞。

中興以來絕妙詞選（黃昇編）四部叢刊本。

花草粹編（陳耀文編）明刻本。

絕妙好詞箋（周密編查爲仁厲鶚作箋）四部備要本，石印本。

詞選續詞選（張惠言董毅編）通行本。

詞綜（朱彝尊編）原刻本。

明詞綜（朱彝尊編）原刻本。

國朝詞綜（王昶）原刻本。

（四）詞話之部

歷代詩話（何文煥）醫學書局刻本。

在歷代詩話裏面有許多零碎的詞話。

苕溪漁隱叢話（胡仔編）安徽刻本。

避暑錄話（葉夢得編）坊間刻本。

能改齋漫錄（吳曾編）坊間刻本。

容齋五筆（洪邁編）石印本。

冷齋夜話（釋惠洪撰）石印本以上五書錄有零碎的詞話。

古今詞話 散見圖書集成及各種詞話裏面。

詞源（張玉田編）湖南局本,北大鉛印本。

樂府指迷（沈伯時）湖南局本。

詞旨（陸輔之）湖南局本。

歷代詞話及詞人姓氏 長沙楊氏刻本。

詞苑叢談（徐釚編）有正書局本。

詞林記事（張宗橚編）石印本。

詞辨（周保緒）石印本。

詞品（楊愼）附錄在楊氏的全集裏面。

詞話（毛西河）掃葉山房石印本。

詞話叢鈔（王文濡）石印本。

論詞雜著（周介存）

人間詞話（王國維）這是近人的詞話。

（五）雜著之部

圖書集成詞曲部

四庫提要詞曲類（卷一百九十八至卷二百）

直齋書錄解題詞類

知不足齋叢書（包括詞集和詞話不少）

碧雞漫志（王灼）知不足齋叢書本。

聲律通考（陳澧）東塾叢書裏面。

詞律（萬樹編）石印本。

六

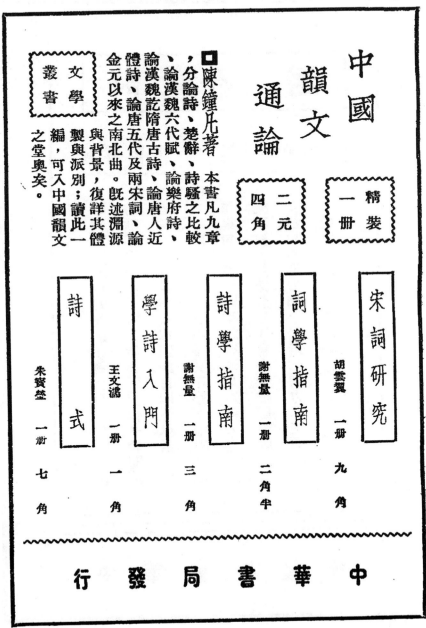

民國十五年三月印刷
民國十五年三月發行
民國廿一年十二月五版

少年中國學會叢書
宋詞研究（全一册）

◎定價銀九角
（外埠另加郵匯費）

著者 胡雲翼
發行者 中華書局
印刷者 中華書局
印刷所 上海靜安寺路哈同路口 中華書局
總發行所 上海棋盤街中華書局
分發行所 北平 天津 張家口 石家莊 邢台 保定 濟南 青島 太原 開封 鄭州 西安 蘭州 成都 重慶 長沙 常德 衡州 漢口 南昌 九江 安慶 蕪湖 南京 徐州 杭州 溫州 福州 厦門 廣州 汕頭 潮州 梧州 雲南 瀋陽 吉林 長春 哈爾濱 香港 新加坡 中華書局

（四一六九）